作り物みたいに整った顔に、冴え冴えとした
透き通るように碧い瞳。青みがかった銀髪は、
魔力灯の光を反射して淡く儚く輝いている。
……ああ、なんて——
（顔色わっる……！）

「……入るぞ。中は暖かい」
ミア
ポジティブで好奇心旺盛。魔力を持たない代わりに、他人の魔力を吸い取る特殊な体質を持つ。
シリル・レイディアス
冷酷非情と噂される魔法士団長。自身の多すぎる魔力に苦しめられていたところ、ミアの体質に目をつける。

「あれぞ、ディアス王宮の誇る硝子宮よ。
今回の誕生日パーティの会場ね」
ヴィンセント・ノーヴァ
魔法士団の副団長を務める美男子。武の家系出身だが、女言葉で話す。

「……っ。すごい、すごい！」
指先がぼんやり青く揺らめいたと思った瞬間、
手の平から眩しいほどの光が放たれた。
光は一直線に湖の上を走り、その軌跡上が
あっという間に凍りついていく。

冷酷非情な旦那様!?
MY HUSBAND IS MERCILESS!?
1
和島逆
Sakasa Wajima
Illust. あいるむ

C O N T E N T S

イラスト／あいるむ

プロローグ

静寂を引き裂くように、クラクションの音がけたたましく響き渡った。

時刻は深夜一時を少し回ったところだ。

こんな時間に起きて活動しているのは、一体どんな人だろう。どこへ向かっているのだろう。

甲高く遠ざかっていく音を追いかけて、窓の向こうの真っ暗闇に瞳を凝らす。今夜は新月だ。

（……せめて、星が見えればいいのに）

気怠《けだる》い身体《からだ》を病室のベッドに横たえたまま、未練がましく吐息をついた。見上げた空は分厚い雲に覆われて、まるで黒い絵の具をべったりと塗りたくったみたいだ。

面白くない、つまらない。今日の夜空は大外れ。胸の中で怒濤《どとう》のように文句を言いつつも、外の景色からは目を逸《そ》らさなかった。

どうせ具合が悪くて眠れやしないのだ。こんな時はいっそ寝るのはすっぱり諦めて、空でも眺めると決めている。

お気に入りなのは、くっきりしたまんまる満月の輝く夜。黄とも橙《だいだい》ともつかない温《ぬく》みのある色に見入っていると、心細い気持ちなんて溶けるように消えていく。

（そう、こんな感じ）

真っ暗な空をカンバスに見立て、指でくるりと円を描く。口元に微苦笑を浮かべた瞬間、今度は廊下からナースコールの音楽が鳴り響いた。ひとつを皮切りに、次々とひっきりなしに機械的なメロディが流れ始める。

これも、毎夜のことだ。

顔をしかめ、頭から毛布を引っ被《かぶ》って耳を塞いだ。ナースコールの洪水が落ち着いたところで、そろりそろりと顔を出す。

再び見上げた夜空には、相も変わらず微《かす》かな瞬きひとつ見えなかった。

（……いいけどね。だって、私が本当に見たいのは……）

眩《まぶ》しいぐらいに明るい太陽。

暗い病室から逃げ出して、骨まで沁《し》みるぐらいたっぷり光を浴びたい。馬鹿みたいにはしゃいで、息が切れるまで走り回りたい。

それが叶《かな》わない願いだと、まだ子供の自分にだってわかっていた。それでも渇望するのは止められない。

——息苦しいほどの焦燥を胸に抱いたまま、のろのろと目を閉じた。

第一章 取引契約を交わしましょう！

独断と偏見による掃除の極意、その一。

室内では箒《ほうき》を使い、なるべくゴミを一ヶ所に集めるべし。

こうしておけば、あら便利。魔動《まどう》掃除機の使用が必要最低限で済むではありませんか！

これぞ使用人（私）による使用人（私）のための、素晴らしき魔力節約術!!


「――いやいや。絨毯《じゆうたん》の上には、きちんと掃除機をかけて頂戴ね。ミア」

悦に入っていたところを先輩のライラさんから冷静に突っ込まれ、私はぷうと頬を膨らませた。

「ええ～っ。それじゃあ掃除機が魔力切れを起こしちゃうじゃないですか。……神よどうか、コロコロという便利道具を我に与えたまえ！」

それなら魔力だって必要ないし。

この世界にコロコロが存在しないのが悔やまれるっ。

「まぁた意味のわからないことを言って。ミアは本当に面白いわね」

さもおかしそうに笑われて、つられて私も照れ笑いする。もともと長くは怒っていられない性格なのだ。

ライラさんに魔力を補充してもらい、絨毯にも丁寧に掃除機をかけ終えたところで、今度は厨房《ちゆうぼう》担当のマシューおじさんからお使いを頼まれた。

ここ町長一家の住み込みの使用人は、私とライラさんとマシューおじさんの三人きり。和気あいあいとして仲の良い、アットホームな職場です。

門を出たところでポニーテールにしていた髪をほどき、ふるふると首を振って手櫛《てぐし》で整えた。明るめの栗色《くりいろ》の髪は自分でもかなり気に入っているが、ぴょんぴょん跳ねる癖毛が悩みの種だ。

ぽかぽか陽気の昼下り、外に出るとなんとも気持ちがいい。頬を緩ませて歩き出した途端、背後から覆いかぶさるようにして抱き着かれた。

「ミアっ。あたしも行くわ！」

弾んだ声音に、私はあえて仏頂面をこしらえる。重々しく彼女を振り返った。

「……ローズお嬢様。ちゃんとお勉強は終わられたのですか？」

慇懃《いんぎん》に言ってやると、ローズは楽しそうに声を立てて笑った。ぱっと腕をほどいて私の前に回り込む。

「いいじゃない。息抜きよ、息抜き。口止めとして、アイスを奢《おご》ってつかわそう」

「やったぁ！　ローズってば太っ腹ぁ!!」

即座に手の平を返すと、「調子いいんだから」と苦笑された。二人できゃいきゃい騒ぎながら、足早に市場へと向かう。

ローズは町長家のお嬢様だが、私にとっては幼馴染《おさななじみ》でもある。町長の家自体、使用人も家族同然に扱ってくれるおおらかな職場なので、ローズと二人の時はいつもこんなものだ。

「ねぇ、ミアは聞いた？　近々、王都から魔法士団が派遣されてくるらしいのよ」

「ほほー」

アイスは何味にしようかな。

普段だったら王道のバニラ派なんだけれど、たまにはこってり甘いチョコでもいいかもしんない。

「最近、魔獣に畑を荒らされる事件が頻発してるでしょ？　人的被害が出る前に、一気に掃討しちゃうんですってよ」

「ほうほう」

いや。アイス屋のお姉さんは意欲的だから、またまた新味を開発している可能性も？

この間の焼肉味はイマイチ……どころか激マズだったけれど、お姉さんの挑戦には敬意を表さねばなるまい。

よし、新味を試してみようではないか！

たとえ失敗したとしても、今日は奢りだから私の懐は痛まないっ！

「――真面目に人の話を聞けっ!!」

「あいたぁっ！」

後頭部に空手チョップを食らい、非難がましく隣を歩くローズを見つめる。あらまあ、なんて暴力的なお嬢様ですこと！

「……今、なんか失礼なこと考えたでしょ」

「ぎくりっ」

「全くもうっ。天下の魔法士団が来るってのに、全く興味を示さないなんてミアぐらいのものよ?」

えーっ、そうかなぁ?

ローズの言葉に首を傾《かし》げる。

確かに、生活魔法とは全く違う、派手な元素魔法を生で見てみたい気はする。でも魔獣との戦闘なんて危険なもの、一般人には決して見物させてくれないだろう。

「だったら、目先のアイスの方が大事じゃない?」

「……あんたって、時々現実的よね」

つまらなそうに眉根を寄せるローズに、思わず小さく笑ってしまった。

「だってぇ。元素魔法どころか、生活魔法すら私には使えないんだよ? 魔法士団なんて雲の上のさらに上! 私の興味の対象外だよ」

生活魔法というのは、魔力を動力源とする道具に己の魔力を注ぎ込む——ただそれだけの魔法である。

掃除機も洗濯機も冷蔵庫も、この世界では電気ではなく魔力で動く。生活魔法は使えて当たり前、むしろ使えないとか何それありえなぁい! という、魔力ゼロな私にはなかなか厳しい世界なのだ。

「——別に、生活魔法なんか使えなくたっていいじゃない! 周りの人間が魔力を補充すれば済む話だもの。ミアはそんなこと気にしなくたっていいの!」

一瞬言葉に詰まった後で、ローズはムキになったように言い募る。私はそんな彼女をぽかんと見返した。

「うん、別に気にしてないよ？　私は元気だし、マシューおじさんのごはんは毎日美味《おい》しいし、ローズは今日アイスを奢ってくれるし。──うわ、すっごい幸せだね私！」

飛び跳ねて喜ぶ私に、ローズがぷっと噴き出した。

「そうね、幸せね。よぉしっ、今日は勇気を出して一緒に新味を試すわよ！……聞くところによると、ピーマン味らしいけど」

「うわ苦そうッ!!」

爆笑しているうちにアイス屋に到着した。

先に入口をくぐったローズからふっと目を逸《そ》らし、泣きたくなるぐらいまっさらな、雲ひとつない青い空を見上げる。

ローズに言ったことは嘘《うそ》じゃない。

確かに私は生まれつき魔力ゼロな上、幼くして両親を亡くし、魔力なしと馬鹿にされながら孤児院で育った。それでも、居心地の良い職場にも、心優しい友人にも恵まれた。

──そして何より、今の私は何物にも代えがたいものを手に入れたのだ。

「友達と一緒に青空の下を歩いて、おしゃべりして、買い食いまでしちゃって。……ああ、本当に健康って素晴らしい！　健康《ケンコー》サイコー!!」

空に向かって叫ぶ私を見て、通行人の目が点になる。一足先にアイス屋に入っていたローズが、慌てたように回れ右して戻って来た。

「もおぉっ、また意味不明なことをっ！　いいからとっとと行くわよ!?」

ずりずり引きずられつつも、顔が勝手に笑うのは止められない。

——前世の私は病気に苦しみ、たったの十二歳でこの世を去った。

日本とは全く違う世界に生まれ変わったこと、そして前世の記憶があることに、そりゃあ最初は驚いたけれど。風邪ひとつ引かず健康に、すくすくと十五歳まで成長することができたのだ。もう前世の享年を追い越してしまった。

「——はいお待たせっ。これぞ自信作、にがピーマン味よ！」

お姉さんから手渡された真緑色のアイスを、わくわくと心を弾ませ覗《のぞ》き込む。おおっ、見た目は抹茶味みたいで美味しそう！

ローズといっせーので口に入れた瞬間、その仰天の味に二人揃《そろ》って身悶《みもだ》えした。

「苦い————!!」

「死ぬぅ————!!」

目に涙を浮かべながら、二人してゲラゲラ笑い合う。

平和で温かくて、楽しくてたまらない私の毎日。

魔法士団の来訪が、そんな私の日常を一変させることになるだなんて。

◇

——この時の私は、全く想像もしていなかったのだ。

翌週。

予定通り、王都から魔法士団の小隊が派遣された……らしい。到着後すぐに作戦を開始し、たった一晩で魔獣を殲滅《せんめつ》してしまった……らしい。

「――本当に凄《すご》かったんだぜ！　ほとんど一人で倒しちまいやがったんだ！　氷の元素魔法で一気にバッシャーンッて、ドッシャーンッて!!」

「ほおー」

ちなみに元素魔法とは基本的に地火風水の魔法を指すが、氷や雷の魔法もまとめて元素魔法と呼んだりする。要は自然の力を借りた攻撃魔法ということだ。

「一晩中張り込んでた甲斐《かい》があったぜ！　お陰で今日は一日ずっと眠かったけどな！　それでよぉ……って、聞いてんのかよミアッ!!」

身振り手振りで熱く語っていたフィンが、くわっと私に噛《か》みついた。私は慌てて紙袋の中身から視線を剝《は》がす。

「聞いてる、聞いてる。――でもさ、あんまり美味しそうなんだもん。丸パンは今日の晩ごはん用として、こっちのちっちゃいドーナツは今食べちゃってもいいかな？」

「ああ――……うん」

なぜかフィンが顔を赤くする。ごしごしと目元を擦《こす》った。

「そっちは注文とは別だから。単なるオマケ。つぅか、オレが作ったんだ。……だから、お前が、一人で食べていい……」

「――あぁら、ミアだけ？　あたしも貰《もら》っちゃおうかしらぁ」

腕を組んだローズが勝手口から現れたので、私はぱっと彼女に駆け寄った。

「見て見てローズ！　これ、フィンが作ったんだって！　さっすが私の弟だよねぇ」

得意気に紙袋の中を見せびらかすと、ローズがぷっと噴き出した。

フィンはフィンで、なんだか珍妙な顔で息を呑《の》んでいる。一拍置いて、顔を真っ赤にしてわめき出した。

「誰がっ、お前の弟だ！　血なんか繋《つな》がってねぇし、そもそも同い年だろうが！」

「同じ孤児院育ちなんだから、血が繋がってなくたって家族なのっ。年はまあ……精神年齢の話？」

前世と合わせたら、ワタクシこの中で最年長ですのよ。ほほ。

「自立したのはオレの方が先だった！……見てろよ、一日も早く一人前のパン職人になってやるんだからな！」

頼もしい捨て台詞《ぜりふ》を残し、フィンは鼻息荒く町長宅を出て行った。うむ、配達ご苦労であった。

紙袋からがさごそとミニドーナツを取り出して、ローズと分け合ってはむっと口に入れる。

ちょっと揚げすぎたせいかカリカリで、でもむしろそこが美味しい。

十四の時……私よりも数ヶ月早く孤児院から出たフィンは、パン職人見習いとして日々修業に励んでいる。こうやって配達ついでに会いに来てくれるのが嬉《うれ》しい。

「……フィンってばホント、昔から変わらないわよねぇ」

「そんなことないよ、随分大人っぽくなったもん。私のことも『魔力ナシのくせに』とかいじめなくなったし」

からかうように言うローズに、弟に代わって一生懸命反論する。

ローズが笑って答えようとしたところで、今度はライラさんが勝手口から飛び出してきた。その顔はなぜか引きつっていて、いつも朗《ほが》らかな彼女らしくない。

「良かったミア、ここだったのね！　今晩、大事なお客様が泊まられることになったの。あなたは至急客室を整えて頂戴。二部屋お願いね！」

慌ててドーナツを飲み込み、ぱんぱんと手を払って中に飛び込んだ。

厨房では顔を強《こわ》ばらせたマシューおじさんが、大車輪で夕食の支度をしている。片隅にそっとパンの紙袋を置くと、「おう！」と短く返事を寄越《よこ》された。

二人の常と違う様子を訝《いぶか》りつつも、私も大急ぎで客室を準備する。

大事なお客様ということなので、町長夫妻とローズの寝室から今朝生《い》けたばかりの花をパクってきた。花屋に買いに行く暇はなさそうだし、まあこれでよかろうて。

「ライラさん、できましたっ」

声をかけると、てきぱきとテーブルに食器をセッティングしていたライラさんが顔を上げた。

「ありがとうミア！　ごめんなさい、お腹《なか》減ってるわよね？　夕食の給仕が必要だから、私達《たち》の賄《まかな》いはその後になりそうなの」

申し訳なさそうに眉を下げる彼女に、笑顔で首を振ってみせる。

「ご心配なく、さっきドーナツを食べましたから。それより、お客様ってどなたなんです？」

私の問いかけに、ライラさんはぐっと喉を詰まらせた。ちょいちょい、と私を手招きして、耳元でひそひそと囁《ささや》きかける。

「……驚かないでね。なんと、魔法士団長様とその副官様なのよ……」

……はい？

「おかしいわよね？　こんな『通過の町』の、まだ畑の被害しか出していない魔獣の掃討ごときに、まさか魔法士団長が来ていたなんて。宿屋の主人が町長に泣きついたらしいの。他の団員ならともかく、氷の魔法士団長のお世話などとても無理です、だって」

わからなくもないけどね、とライラさんはため息をついた。

どうやら隊の他のメンバーは宿屋に泊まるけれど、魔法士団長とその副官だけは町長宅に招待することとなったらしい。魔獣の脅威を退《しりぞ》けてくれたお礼、という名目で。

「なるべく給仕は私がするから、ミアは補助だけお願いね？　怖いでしょうけど、少しだけ我慢して頂戴ね」

怖い……怖い、かなあ？

魔法士団長について、私の知っていることはそれほど多くない。二十五歳にして魔法士団を率いる若き天才であり、王様の異母弟でもある、というぐらいか。

他には確か……氷の元素魔法を得意とし、本人も氷そのもので冷酷非情、ニコリとも笑わない、表情筋が死んでいる……とかなんとか。

うぅむと考え込んでいるうちに、当のご本人様とその副官さんが到着した。

町長の奥様がにこやかに二人をダイニングまで案内する。……奥様、笑顔のほっぺたが引きつってますよ？

私はぱっと後ろに引っ込んで、厨房のマシューおじさんとダイニングのライラさんの間に立ち、それぞれのフォローに忙しく立ち働いた。

こっそり夕食のテーブルを覗いてみると、氷の魔法士団長様は噂《うわさ》通りの無表情っぷりで、終始無言を通していた。なんとか話題を振ろうとする町長は冷や汗をかき、同席する奥様とローズもハラハラした顔をしている。

優しげな副官さんは素知らぬ顔で料理を味わうばかりで、助け舟を出してくれる様子はない。

……なんかギスギスした夕食だぁ。私、使用人で良かったー。

それでも、後はデザートを残すばかりとなり。

厨房のマシューおじさんが、やりきった顔で盛り付けを完成させた。嬉しげに私を振り返る。

「ミア、紅茶は頼んだ！　俺ぁもう駄目だ……。手洗い行ってくる！」

ダッシュで出て行ってしまった。

我慢してたのね、おじさん！

ちょうどよく厨房に戻ってきたライラさんにデザートを託し、私は喜んで紅茶の用意を始める。

何を隠そう、町長宅で一番美味しい紅茶を淹《い》れられるのはこの私！

電気ケトル……ではなく魔力ケトルでお湯はすでに沸かされていたので、まずはティーポットにとぽとぽとお湯を注ぐ。事前に温めておくのがコツなのだ。

偏屈魔法士団長の好みがわからないので、クセがなく万人受けする茶葉を選んだ。

鼻歌を歌いつつ魔力ケトルに水を足し、ぽちりとスイッチを入れる。うんともすんとも言わない。

――まさかまさかの魔力切れ……？

「うわぁいっ!?」

マシューおじさん……はトイレ！

ライラさん……は給仕中！

――となると、後はローズしかいない。

腹をくくって厨房を後にする。

どうやってローズを呼び出すべきかと悩むまでもなく、運良く当の本人がダイニングから出てきた。不思議そうに小首を傾げる。

「あらミア、どうしたの？　あたしはちょっとお手洗い……わっ！」

問答無用でローズを摑《つか》んで廊下の隅に引っ張った。

「ローズごめーんっ！　ケトルに魔力を込めてぇぇ!!」

半泣きで拝む私を見て、即座に事情を察したらしい。ローズが苦笑しながら頷《うなず》きかけた、その時だった。

「――使用人の分際で、主家の娘に頼み事だと？　しかもたかだか生活魔法ごときで」

背筋が凍りそうな冷たい声を浴びせられ、ぞわりと肌が粟立《あわだ》った。

思考停止しながらも、体だけは咄嗟《とっさ》に反応する。勢いよく声の主を振り返った。

「………っ」

声にならない悲鳴が漏れる。

目の前に壁のように立ち塞がるのは、冷酷非情と名高い氷の魔法士団長。

感情を感じさせない冷え切った瞳で、じっと私を見下ろしていた。

——その身の内から発せられるのは、とんでもない威圧感。

男の鋭い眼光に射抜かれて、完全に足がすくんで動けなくなる。弁解しようにも喉がひりついて声すら出ない。

恐ろしくてたまらないのに、まるで視線が貼りついたかのように男から目が離せなかった。息苦しいほどの静寂が満ちる中、瞬きすら忘れて男に見入る。

作り物みたいに整った顔に、冴《さ》え冴《ざ》えとした透き通るように碧《あお》い瞳。青みがかった銀髪は、魔力灯の光を反射して淡く儚《はかな》く輝いている。……ああ、なんて——

(顔色わっる……！)

脳が現実逃避しかかっているのか、真っ先に浮かんだ感想がそれだった。

だって、血の気が感じられないぐらい青白いのだ。せっかくの端整な顔立ちを、額に縦線が入ったような顔色が台無しにしている。プラスマイナスゼロ……どころか、完全にマイナス。

眉間に寄せた皺《しわ》もひどい。そして目の下も真っ黒い。ちゃんと寝てますか？　と尋ねたくなるレベルだ。

全体的に、迫力がすごい割に存在感が希薄な気がする。……いや、存在感ではなく生気が薄いのかも。

呆《ほう》けたように黙り込む私を見て、男がぐぐっと眉間の皺を深くする。

「――まともに口をきく事すら出来ないのか?」

侮蔑の色を隠そうともせずに吐き捨てられ、はっと意識をこの場に戻した。

ごくりと唾を飲み込み、口を開こうとした私を制するように、小刻みに震えるローズが男の前に進み出た。

「……ち、違うのです、閣下。この、子は――」

か細い声で訴えようとするローズを、今度は私が引っ張り背中に庇《かば》う。私のために大切な友達に無茶をさせるわけにいかない。

下腹に力を入れ、すうっと大きく息を吸い込んだ。

「申し訳ありませんっ! 私はぁっ、生活魔法が使えないんですぅっ! なにせっ魔力がゼロですからあああああっ!?」

自分でもビビるほどの大声が出た。

いや私よ、相手は耳の遠いおじいさんじゃないんだからさ……?

選手宣誓のような私の雄叫《おたけ》びに驚いたのだろう、ダイニングからバタバタと町長夫妻とライラさんが飛び出してくる。

魔力ケトルを片手に両足を踏ん張る私を見て、一同は即座に事情を察したらしい。氷の魔法士団長に負けず劣らず蒼白《そうはく》になりながら、町長が土下座せんばかりの勢いで謝罪した。

「――申し訳ありません、閣下っ！　その娘は骨惜しみしない働き者なのですが、いかんせん一切の魔法が使えないのです。どうかご容赦くださいませっ」

慌てて私達も町長に続き、全員で深々と頭を下げる。

ああ、雇主と友達と先輩に迷惑をかけてしまったぁー！

「――ほう。魔力がゼロ、ですか。なかなか珍しい人間ですね？」

笑みを含んだ涼やかな声が聞こえ、私達は弾《はじ》かれたように顔を上げた。ゆったりとこちらに歩み寄って来るのは、氷の魔法士団長の副官さんである。

年の頃は二十代半ばぐらいの、魔法士団長に負けず劣らず綺麗《きれい》な男の人だ。墨のように黒くつややかな長髪を、首の後ろでひとつに結んでいる。

切れ長の目を細め、副官さんはいたずらっぽく微笑《ほほえ》んだ。

「廊下で議論するのも何ですし、ダイニングに戻りませんか？――そちらの下働きのお嬢さんもご一緒に」

柔らかな物腰の割に、なんだか有無を言わせない雰囲気だ。

ぎくしゃくと頷いた私達は、連なってダイニングへと移動する。最後尾の氷の魔法士団長をこっそり窺《うかが》うと、彼は眉をひそめて私を見ていた。

「――さて。それでは、お嬢さんにはこれを差し上げましょう」

ダイニングに着いた途端、副官さんはくるりと振り返り、胸元のポケットからガラスの小瓶を取り出した。怖々と受け取って目の高さに持ち上げてみると、中に入っている黄みがかった液体がたぷんと揺れた。

「……ヴィンス。何の真似《まね》だ」

氷の魔法士団長が不機嫌そうにぼそりと呟《つぶや》く。冷ややかに副官さんを見やった。

再び場の温度が一気に下がるが、副官さんは慣れているのか全く動じない。むしろ、その口元には笑みすら浮かんでいた。

「余りものですから構わないでしょう？　せっかく毎回支給されるのに、どこかの誰かさんが一人で魔獣を片付けてしまうせいで、予備が溜《た》まりに溜まりまくっているのですよ」

飄々《ひょうひょう》と告げ、「それに」と形の整った眉を上げる。

「死ぬまで生活魔法すら使うことが出来ないというのは、ね。彼女が可哀想《かわいそう》じゃないですか」

……うぅん。哀れまれる筋合いでも、ないんだけどな。

戸惑いながらも、手の中の小瓶にじっと目を落とす。副官さんの話から推測するならば、恐らくこれは――

「ええ、魔力補充薬です。それを飲めば、生活魔法程度でしたら簡単に使えますよ」

魔力補充薬というのは、その名の通り魔力を「補充」するための薬である。決して「回復」させるためのものではない。

魔力というのは、食事や睡眠など、きちんと休養を取ることで自然回復するものらしい。

補充薬とはその摂理を無視して、服用した者に上限以上の魔力を与える薬だ。これを飲めば、魔力のない私でもその身に魔力を蓄えることができる。

「あの、でも。これって高価なんですよね？　私のような庶民が使うには、もったいないような」

しどろもどろに反論するけれど、副官さんは気にしたふうもなく私から小瓶を奪い返した。きゅぽっと蓋を開け、流れるように私に手渡す。

「さあ、どうぞどうぞ」

親切心の表れか、それとも単に残りものが片付いて嬉しいだけか。副官さんは上機嫌だった。

これ以上固辞もできず、仕方なく小瓶を唇に当てる。

魔力ゼロなこの身を嘆いたことはないけれど、確かに一生に一度くらい生活魔法を使ってみてもいいかもしれない。魔力補充薬を使う機会なんて、一般庶民の私にはこの先そうそう巡ってこないだろうし。

心を決めて、一息に薬を飲み干した。ローズも町長達も、固唾を呑んで私を見守っている。

「……いかがです？」

期待のこもった眼差《まなざ》しを向ける副官さんに、笑顔で大きく頷いた。

「はいっ。まったりとしてコクがあると思います！」

敬礼付きで答えると、氷の魔法士団長を除く全員がだあっと崩れ落ちた。……はれ？

「――誰が味の感想なんか聞いてっ……コホン」

甲高い声で激高しかけた副官さんが、取り繕うように咳払《せきばら》いをする。町長は困ったように私達を見比べると、ためらいがちに進み出た。

「ミア。せっかくのご厚意なのだから、生活魔法を試してみなさい。魔石に手をかざして念じるだけでいい」

町長に言われるがまま、私はおずおずとケトルの魔石に手を押し当てた。

魔動製品にはすべて魔石が埋め込まれており、魔石に魔力を補充することで働くのだ。深呼吸して、己の魔力を魔石に流し込むようイメージする。

(……ふぬぬ～！　魔力さん、どうかケトルを動かして……！)

お湯が、お湯が必要なんです！

「………」

ダイニングに珍妙な沈黙が満ち、副官さんが不審そうに眉根を寄せた。

だって、おかしいのだ。本来なら魔力が充填された瞬間に淡い燐光《りんこう》を放つはずなのに、ケトルの魔石はちっとも光らない。

「……壊れてるんじゃないかしら？」

困ったように呟きながら、ライラさんが今度はハンディ掃除機を取って来てくれた。

(ふんぬぐぅー！)

「………」

それから。

洗濯機、冷蔵庫、魔力レンジ、エトセトラ。

やっとトイレから出てきたマシューおじさんも合流し、町長宅をぞろぞろと移動しながら試したけれど、どれもダメ。一周してスタート地点のダイニングまで戻ってしまった。

ちなみに氷の魔法士団長はひとりダイニングで留守番していた。お帰りと言うでもなく、先程と変わらぬ姿勢のままで私達に無機質な視線を投げる。

「――まさか、家中の魔動製品が壊れているとはな」

「壊れる時は一気に壊れるって言いますものねぇ、あなた」

「……いや、そんな訳ないでしょう！」

沈痛な顔で頷き合う町長夫妻を、副官さんが噛みつくように怒鳴りつけた。額に青筋を立て、不快げに私を睨《にら》み据える。

「あなたは、一体何なんです？　魔力補充薬が効かないなんて――」

「どけ。ヴィンス」

それまで無表情に腕を組んで突っ立っていた氷の魔法士団長が、副官さんを押しのけて大股で私に近付いてきた。反射的に及び腰になりかけるのを、なんとか堪《こら》えて踏みとどまる。

「……娘。これを見ろ」

突然、視界を覆うように大きな手の平がかざされた。指先に青白い光が灯《とも》ったと思った瞬間、みるみるうちに魔法士団長の手全体が輝き出す。

「――シリル!?　何をっ……！」

顔色を変える副官さんを一顧《いっこ》だにせず、氷の魔法士団長はその手を私の額に強く押し当てた。

(眩《まぶ》し……!?)

目をつぶりそうになった刹那。

まるで炎が燃え尽きたかのように、一瞬にして光が消え失《う》せる。

理解が追いつかずに瞬きを繰り返す私を、魔法士団長がじっと観察するように見下ろしていた。

私が口を開くより早く、傍らの副官さんが突然金切り声でわめき出した。

「シリルッ! アンタ何てことすんのよッ!?」

氷の魔法士団長を力任せに突き飛ばし、血の気の引いた顔で私の肩を引っ掴む。

「大丈夫っ!? 吐く? 吐くならトイレに……ああダメね、間に合わないわね。それならアタシの上着に吐きなさい!」

大慌てで団服を脱ぎ始める。

……なぜに、女言葉?

衝撃で私はやっと正気に返り、無言で副官さんの腕に手を置いた。驚きのあまり言葉が出なかったのだ。大丈夫、という思いを込めて、彼にコクコク頷いてみせる。

副官さんは服を脱ぎかけた手を止めると、唖然《あぜん》とした様子で私を見返した。

「……え、なに。……もしかして問題ない、の?」

今度はぶんぶんと勢いよく首を縦に振る。だって、別に吐き気なんて感じてないし。

彼はしばし硬直した後、ぎくしゃくと団服を整え直した。ゴホンと大きく空咳《からせき》をして、取り澄ましたように髪をかき上げる。

「――フッ、失礼。少々取り乱してしまったようですね？」

にっこり。

キラキラキラ。

「………………」

ええと。一体どこからどう突っ込めば……？

突っ込みどころが満載すぎて、町長一家も使用人一同も、ただただ茫然《ぼうぜん》とするばかり。

硬直する私達のことなど気にもかけず、氷の魔法士団長が再び私の前に立った。

「――もう一度、だ」

無感情に言い放ち、またもや私の額に輝く手を押し当てる。先程と同じく、光は瞬く間に消え失せてしまった。

と、いうよりも。

（なんか……私に吸い込まれたみたい？）

考え込んでいる私の傍らで、嘘でしょ、と副官さんが掠《かす》れ声《ごえ》で呟いた。

「アンタ、何も感じないワケ？　他人の魔力なんて、普通は吸収した瞬間に拒絶反応を起こすものなのよ？　まして、アンタは……」

「魔力が無い。魔力補充薬も、俺の魔力すらもその身に一切の影響を及ぼさない。――おそらくは身体《からだ》に入った魔力を、即座に跡形も無く打ち消している」

淡々と話す氷の魔法士団長を、副官さんが驚いた様子で見やった。思わずといったように半笑いを浮かべる。

「め、珍しいわね。その子の体質も……シリルが、そんなに長くしゃべっているのも」

感心する副官さんを無視して、魔法士団長は町長を鋭く見据えた。

町長がビクンと肩を跳ねさせる。おお、これぞまさしく蛇に睨まれた蛙《かえる》。

「町長。この娘を貰い受けたい」

……はい？

氷の魔法士団長の唐突な発言に、この場にいる全員の目が点になった。

「も、貰い受けるとは。どのような、意味でしょう……？」

「言葉通りだ。明日の朝、王都に戻る時この娘も連れてゆく。娘の保護者にもそう伝えておけ」

顔を引きつらせて問う町長など歯牙にもかけず、彼は至って事務的に宣告した。

町長はヒッと短く息を呑み、みるみるうちに青ざめる。私と魔法士団長の顔を何度も見比べて、震えながらも前に出た。

「こ、この娘《こ》――ミアは、幼い頃に両親を亡くし、孤児院で育ったのです。ですから保護者は……」

「ならば、好都合。……娘、明日は早朝に発《た》つ。今夜のうちに準備をしておくように」

冷たく言い放って踵《きびす》を返そうとした魔法士団長を、「お待ちください！」と悲鳴のような声を上げて町長が制した。両手を広げて彼の行く手を阻む。

「ミ、ミアはお渡しできません。今は留守にしておりますが――ミアを雇ったのは、うちの長男の嫁にするための行儀見習いです。ミアは、長男の婚約者なのです！」

えええええっ!?

初耳いぃ―――――っ!!

咄嗟に叫びそうになった私に、ローズが弾かれたように駆け寄った。痛いほどきつく私の腕に抱き着いて、血走った目で合図を送る。――何も言うな、という目だ。

必死なローズに曖昧に頷き返し、仕方なく口をつぐむ。

町長の長男はテッドといって、ローズの六歳上のお兄さんである。気さくな優しい人で、私も子供の頃から親しくしてもらっている。

町長家はもともと大きな商会を営んでおり、現在は彼が会長の役職を引き継いでいた。この「通過の町」と王都を行き来する生活だから、今日はたまたま不在だったのだけれど。

（……いいのかなぁ。だって、テッド兄さんには――）

胸の中で自問自答する私をよそに、副官さんがぷっと噴き出した。

「あらま！……コホン。残念でしたね、シリル？　どうやら諦めるしかなさそうですよ」

いたずらっぽく魔法士団長に笑いかける。……別に誤魔化さなくたって、女言葉のままで結構ですよ？

氷の魔法士団長は副官さんを一瞥《いちべつ》すると、虚空へと視線を移した。しばし考えるように黙り込み、ややあって小さく頷く。

納得してくれたのだ、と場に弛緩《しかん》した空気が流れた瞬間、魔法士団長が爆弾発言を放った。

「ならば、この娘は俺の妻に迎え入れよう。――わかっているだろうが、お前達に拒否権は無い」

冷たく言い置き、今度こそダイニングから出て行ってしまった。

残された私達は、呆けたように顔を見合わせる。

町長はゴクリと唾を飲み込むと、頭を抱えている副官さんに詰め寄った。蒼白だった顔は、今度は怒りのためか真っ赤になっている。

「――どういうことですっ!? 一体、なぜミアを……!」

副官さんはゆらりと顔を上げると、沈痛な顔でかぶりを振った。

「そちらの下働きのお嬢さんの、特異体質に目を付けたのでしょう。魔力を消し去る能力……。団長にとって、喉から手が出るほど欲しい人材でしょうから」

「え、でも。魔力を消しちゃうとか、魔法士団にとっては最悪なんじゃあ……?」

目上の人達の会話に口を挟むのはどうかと思ったが、事は私の問題である。恐る恐る問いかけると、副官さんは静かな瞳で私を見返した。

「あまりに強大すぎる魔力は、その身を蝕《むしば》む毒にもなるのですよ。――偏頭痛、胃痛、下痢、そして肩こりオマケに冷え性……。団長は、慢性的な体調不良に苦しめられているのです」

まるで病気の見本市である。

つまり顔色が悪かったのは、純粋に具合が悪かったせい？　そりゃあ生気も薄くなるわ。

うんうんと納得しかけたところで、あることに気付いた私はハッと目を見開く。

「じゃあ、ニコリとも笑わないのも……！」

「愛想がないのは元からです」

「ひとの話を聞かないのも……！」

「いつものことです」

「すっごく偉そうなのも……！」

「王弟なので実際に偉いんです」

「…………」

副官さんからことごとく撃破されてしまった。

無表情なのも俺様なのも傲慢なのも、全部デフォルトなんじゃんー。

あ、もう一個思い付いた！

私は目を輝かせ、再び期待を込めて副官さんを見つめる。

「じゃあじゃあ、目の下の隈《くま》がひっどいのは！」

「ええ。寝付きが悪い上、眠りが浅いからですね」

ひゃっほーう、やっと正解したよ！

小躍りする私の後頭部に空手チョップが炸裂《さくれつ》する。

「痛ぁっ！　何するのローズ！」

頭を押さえつつ抗議すると、ローズが燃える瞳で私を睨み返した。……間違いない、マジギレである。

「クイズ大会やってるんじゃないのよ！　ミアってば、この状況がわかってるの!?」

「わ、わかってるけど……。断っちゃえば平気じゃない？」

苦笑いしながら答えたところで、今度は副官さんが私の頬を激しくつねり上げた。ぎゃーっ!?

「おバカね、アンタはッ！　婚約者より遥《はる》かに身分の高い相手から求婚されて、断れるハズがないでしょう!?　常識的に、身分の低い方が身を引くものよ！」

またも女言葉になった副官さんから罵倒される。ほっぺた痛いっす、ギブアップっすー！

「――とにかくッ！　アタシがなんとか説得してみるわ！　まあ、あの俺様が素直に聞くとも思えないけど……。あまり期待しないで待ってなさい！」

ぷんすこ怒りながら去って行く副官さんを、ジンジン痛む頬をさすりながら涙目で見送った。

◇

「――それでは、これより緊急会議を開催する」

町長が厳《おごそ》かに宣言する。

町長一家と使用人一同、全員がダイニングのテーブルについたところである。しばらく待っても副官さんが戻って来なかったため、私達だけで善後策を検討することになったのだ。

ロウソクの火に照らされた町長のいかめしい顔が、暗闇の中ぼんやりと浮かび上がっている。

「……ねえ、お母様。なんで魔力灯を消しちゃったの？」

ローズが疲れた声で問いかけると、町長の奥様は「あら」と目を丸くした。

「二階のお二人に悟られないように、秘密裏に会合する必要があるのだもの。……それに、これはアロマキャンドルよ。癒やし効果があるから一石二鳥でしょう?」

内緒話のように囁き、得意気に胸を反らす。ちなみにロウソクは一人一本支給されたので、炎の揺らぎに合わせてローズと奥様の白い顔もゆらゆら揺れている。

……奥様。癒やしどころか匂いが混ざってちょっぴりキツいです。そして百物語でも始まりそうなホラーな雰囲気です。

心の中で突っ込んでいると、町長がむっとしたように眉を吊《つ》り上げた。

「二人とも、静かにしなさい。まずは……」

「――ブフォッ! なんだこりゃあ!」

カップから一口お茶を飲んだマシューおじさんが、お茶を噴き出し激しく咳《せ》き込んだ。ライラさんが慌てたように彼にタオルを手渡す。

奥様とローズもカップに口を付けた。

「……あらまぁ。これは甘いお湯ね?」

「うわマッズ」

「あああああっ! ごめんなさぁいっ!」

お茶っ葉入れ忘れちゃったー!

しかも砂糖だけ大量に入れちゃった――!

みんな顔色が悪かったから、甘くした方が疲労回復にいいと思ったのです……。いやぁ、失敗失敗。

冷静なつもりでいたけれど、どうやら私もかなり混乱していたらしい。

「お前達っ！　ロウソクやら茶やらはどうでもいいから、もっと真面目に話し合わんかぁぁっ!!」

町長の怒号が飛び、全員ピタリと黙り込む。それから一斉に人差し指を唇に当て、しかめっ面を町長に向けた。

「しぃーっ！」

「……ハッ!?」

町長は焦った様子で己の口を押さえる。そのまましばし沈黙が満ちた。

「……コホン。それでは、一人ずつ意見を聞いてみよう。発言する者は挙手するように」

町長の言葉が終わるか終わらないかのうちに、いの一番に私がハイッと手を挙げた。

町長から目顔で促され、私は静かに立ち上がる。名探偵を気取ってぐるりと皆を見回した。さあ、拍手喝采の準備はよろしいか？

「そもそも、ですね。王弟様が私みたいなド庶民を娶《めと》るって、そこから無理があると思うんですよ。きっと、お兄さんである陛下が許可しないはず……。つまりこの結婚は、私達が何もせずとも破談になるッ！」

笑顔と共にビシッとポーズを決める。ふっ、キマった。

だが案に相違して、全員が珍妙な顔で黙りこくった。ありゃ？

ローズがそっと手を挙げ、町長から指名を受ける。呆《あき》れたような視線を私に向けた。

「……ミアってば、本っ当に魔法士団に興味ないのね。氷の魔法士団長に、王位継承権がないのは有名な話よ。あの方は庶子《しょし》だから……」

庶子？

「先代の王妃様の子じゃないってこと。……それに、あの方の結婚については……市井《しせい》でも、面白おかしく噂されてるっていうか……」

言い淀《よど》むローズに代わるように、奥様がずいっとテーブルから身を乗り出した。炎の反射のせいかもしれないけれど、その瞳はキラキラと輝いている。

「なんでも、全く身を固めようとしない魔法士団長閣下を心配されて、今まで何度も陛下が縁談を持ち込んだらしいのだけどね？　相手方のご令嬢から全身全霊で拒否されて、ことごとく壊れてしまったんですって！」

ライラさんもぽんと手を打ち、勢い込んで同意する。

「そうそう、そうでしたよね奥様！　あんな恐ろしい方の妻になるぐらいなら、わたくし尼になりますわ！　なぁんて頭を丸刈りにしたご令嬢もいらっしゃったとか！」

「まあまあ、過激ねぇ！」

「私も今日実際にお会いして納得しましたけどね。笑わない、しゃべらない、顔色悪い。そりゃあ一緒にはいられませんて！」

「んもぉ、ライラってばお口が悪いわぁ～。でも否定できないかもぉ～」

きゃあきゃあ！

……いつの世も、女性というのは噂好きな生き物である。

忍耐の表情で女性陣を眺める町長よりも、ローズがキレる方が早かった。憤ったようにテーブルを叩《たた》きつける。

「――お母様もライラさんも、盛り上がってる場合じゃないでしょうっ!? このままじゃミアもお兄様も可哀想よ！ なんとしても今夜のうちに、ミアをお兄様のところへ逃がしてあげないと……！」

……はい？

ぽかんとする私をよそに、奥様もはっとしたように姿勢を正した。熱っぽく私に頷きかける。

「そうね、そうよね。テッドとミア、ほとぼりが冷めるまで、二人で駆け落ちしたらどうかしら？」

「…………」

うん、ローズも奥様も落ち着こうか。

テッド兄さんと私は婚約者でも何でもないし、そもそも彼には幼馴染の恋人がいる。そんなこと、二人ともよく知っているはずなのに……。

あまりにも急展開する事態に、嘘と現実がごっちゃになってしまったらしい。

頭痛を堪える私の横から、不機嫌な顔のマシューおじさんが手を挙げた。遠い目をした町長が指名する。

「まあ、駆け落ちはともかく。ミアを匿《かくま》う必要はあるでしょうな。ひとまず俺の友人の家にでも――」

苦々しく提案しかけたところで、真っ暗なダイニングにぱっと明かりが灯った。うわ眩しっ。

全員が穴から出てきたモグラのように目を覆う。

「――皆さん。悪魔召喚の儀式でもなさっておいでですか？」

恐る恐る振り向くと。

魔力灯のスイッチを入れたのは、呆れ果てた表情の副官さんであった。

そしてその背後には……ずももも、と邪悪なオーラを発する氷の魔法士団長……。

ぎゃあああああ!?

やったね悪魔召喚大成功っ！　じゃなくて一体どこから聞いてました!?

凍りつく私達を冷たく見回し、氷の魔法士団長がゆらりとテーブルに歩み寄る。底冷えする目でマシューおじさんを見下ろした。

「その娘の身柄を隠すならば、お前達全員を連座させる。――我が身が可愛《かわい》いのなら、余計な行動は取らぬことだ」

「…………」

安堵《あんど》のあまり、全員が脱力してテーブルに突っ伏した。

良かったああああ！　奥様とライラさんの誹謗《ひぼう》中傷は聞こえてなかったっぽいー!!

「……一体、何の話をしていたのですか？」

私達の様子から察したのか、副官さんがため息交じりに問いかける。もちろん無視、無視、無視だ！　ワタクシ達、なんにも聞こえませーん！

氷の魔法士団長は私の前にペンと二枚の紙を置くと、空いている椅子を引いて腰掛けた。鋭い眼光で、射抜くように私を見る。

「――確認したらすぐに署名しろ」

有無を言わさぬ口調で命じられ、おずおずと紙を手元に引き寄せた。どうやら同じものが二部あるらしい。何やら長い文章が書かれており――

「……え、何ですか。まさか、文字が読めないとでも？」

紙とにらめっこする私を不審に思ったのか、副官さんが呆れたように私の背後に立つ。急いでかぶりを振り、助けを求めて彼を見上げた。

「いえ、読めます！　読める、んですけど……。意味が、全然わかりません……」

「ええっ？　貸して頂戴、ミア」

ライラさんも眉根を寄せて紙に見入る。特に意見を言うでもなく、そっと向かい側の奥様に手渡した。奥様も首をひねって町長にパスする。

「……これは。契約書、ですな」

町長が重々しく告げて、額の冷や汗をぬぐった。

……契約書？

「よいか、ミア。甲というのがお前のこと、乙というのが閣下を指すのだ」

町長から説明を受け、再び紙を受け取った。

――取引契約書――

甲と乙は、婚姻関係について、以下の通り契約する。

（目的）

第一条　本契約は、甲と乙が互いの得意分野における等価交換を行うことで、互いの健やかな生活を持続させる事を目的とする。

（適用範囲）

第二条　甲と乙は協議の上、互いの役割分担について、書面をもって確認するものとする。

第三条　本契約は、甲乙間において締結される婚姻契約に適用する。

…………

「……さっぱりわかりませぇん……」

第三条まで読んだあたりで力尽きた。

まだ第四条、第五条と延々続いているのだけれど、もうダメ目が滑るぅ。

「理解力の足りない頭ですね。人がせっかく、冷血漢を説得してここまで持って来たというのに」

副官さんが柳眉を逆立てた。うぅ、おバカですみません。

「良いですか？　あなた方の結婚はあくまで表向きのもの、要は契約関係なんです。後々行き違いが起こらないよう、事前に取り決めをしておいた方が良い。内容について簡単に説明すると――」

気取ったように人差し指を天に向ける。

副官さんがてきぱきと解説してくれた内容をまとめると、以下のようになった。

・契約更新は一年ごと。ただし両者共に解除の意思がない限り、契約は自動的に更新される。
・私が魔法士団長の魔力を消す代わり、魔法士団長は私に快適な衣食住を提供する。じゅるり。
・寝室は別。魔法士団長は私に一切手を出してはならない。
・王族の体裁があるので浮気は厳禁。やるならバレないようにやれ。
・魔法士団長の体調が許すならば、私は月に一度里帰りしても構わない。

「……他にも細かいところはありますが、まあざっとこんなものですね」

長い説明を終え、副官さんがふうと吐息をついた。

「――理解できたのなら、今すぐ署名しろ。二枚共にだ」

魔法士団長から威圧的に命じられ、ぎくしゃくとペンを握る。

名前を書こうとしたところで、「駄目よ、ミア！」とローズがほとばしるように悲鳴を上げた。

「契約で結婚だなんて、絶対に駄目！　お願いだから、あたし達に気なんか使わないで！」

「……ローズ……」

私を思いやってくれる友達の言葉が嬉しくて、ぐっと胸が詰まる。

ローズの気持ちは心底ありがたい。

でも、断るなんて出来ないだろう。この家から離れたくはないけれど、私が拒否すれば町長一家に迷惑をかけることになる。そんなの絶対にゴメンだった。

（……それに）

目つきの悪い魔法士団長をそっと盗み見る。

青白い顔、目の下の真っ黒な隈、荒《すさ》んだ雰囲気。眉間に刻まれた深い皺は、まるで形状記憶されているかのよう……。

本当に、力いっぱい、心の底から体調が悪いのだ。そりゃあ周囲に当たりたくもなるというもの。

ぎゅっと目を閉じて俯《うつむ》き、覚悟を決める。顔を上げてローズに笑いかけた。

「ありがと、ローズ。でも私、とりあえず一年やってみるね！」

「――ミアッ!?」

血相を変えたローズが立ち上がる前に、殴り書きで署名を済ませる。勢いよく振り返り、背後の副官さんに押しつけた。ヘイお待ちっ！

「……ええ、確かに。一通はあなた自身で保管してくださいね。……良かったのですか？　もう取り消しは利きませんよ」

「はい、もちろんっ！　私でお役に立てることなら、力になりたいですっ」

満面の笑みで氷の魔法士団長を見つめる。魔法士団長からは「何だこいつは」と言わんばかりに眉をひそめられたけれど、そんなことちっとも気にならない。

家族同然の皆の顔を見回すと、町長とマシューおじさんは苦渋に満ちた表情を浮かべていた。奥様とライラさんは蒼白になっている。ローズはもはや半泣きだ。

（……ごめんね、ローズ。でも……）

脳裏にありありと浮かぶのは、ベッドに横たわるかつての自分自身の姿。真っ暗な病室で、救いを求めるようにひたすら空を眺めている。

自分の身体が思うようにならないもどかしさも、苦しさも。未来に期待を持てない虚無感だって、痛いぐらいにわかるから。――彼を、放っておけるはずがない。

静かな決意を胸に立ち上がり、氷の魔法士団長に歩み寄る。胡乱《うろん》な目で見返されたけれど、そんな彼に構わず心からの笑顔を向けた。勢いよく頭を下げる。

「ミアっていいます！　これからよろしくお願いします、旦那様っ！」

◇

「おお～？……天気悪っ」

「……そりゃあそうでしょ。誰も祝福なんてしてないもの」

私の顔を見もせずに、ローズがぶすりと吐き捨てた。うん、まだ怒ってるよね……。

眉を下げつつ、ローズと窓の外を見比べる。

まだ時刻が早いとはいえ、外は夜のように真っ暗だった。土砂降りの雨と、吹き荒れる強風が窓をガタピシ揺らしている。

怒る友人に何と伝えるべきか迷っていると、部屋の扉が控えめにノックされた。おずおずとライラさんが顔を覗かせる。

「……ミア。その、魔法士団長閣下がもう発つっておっしゃってるの……。朝食もいらないんですって」

泣き出しそうな顔で告げられ、私はあえて元気よく頷いた。

「わかりましたっ。……じゃあ、ローズ」

声をかけるけれど、ローズは完全にそっぽを向いてしまった。そんな彼女の背後に、そろりそろりと歩み寄る。

「……てぃっ」

「ちょっ……!? ふっ、あはははははっ！」

どうだ、必殺くすぐり攻撃！　ローズって脇腹が弱いよね！

「──もおっ！　ミアってば……！」

怒り笑いの顔で振り向いたローズに、えへへと照れ笑いしてみせる。しばらく会えなくなるのなら、せめて笑顔で別れたかった。

「魔法士団長の体調が落ち着けば、里帰りもできるみたいだから。お土産買って会いに来るね？」

ウインクすると、ローズの顔がみるみる歪《ゆが》みだす。決壊したようにぼろりと涙を溢《あふ》れさせた。

そんな彼女に慌てて抱き着き、ぽんぽんと背中を叩いて慰める。泣かない、泣かない。

思いが通じたのか、ローズがぐすりと鼻をすすり上げて泣き止《や》んだ。ごしごしと目を擦り、赤くなった瞳で私を見つめる。

「……ええ。絶対よ」

震え声で言うローズに、「もっちろん！」と力強く請け合った。

そのまま三人で部屋を出て、急ぎ足で玄関へと向かう。

玄関には町長夫妻とマシューおじさんが待ち構えていた。みんな沈痛な顔をして、ローズやライラさんと同じく赤い目をしている。……私、死出の旅にでも行くんでしたっけ？

町長が意を決したように進み出た。私の肩に両手を置いて、涙目のまま力強く頷きかけてくれる。

「ミア、我々はいつまでだって待っているからな。無事にお勤めが終わったら、必ずこの家に戻って来るのだぞ」

「……ハイ。アリガトウゴザイマス」

どうやら死出の旅ではなく、行き先は刑務所だったようだ。

その瞬間、ガラピッシャーンと雷が鳴る。……わぁお、素敵なタイミング。

しんみりと噛み締めていると、玄関の扉が開いて肩を濡《ぬ》らした副官さんが入って来た。上着に付いた雨露を払い、私に向かって微笑みかける。

「天気が酷《ひど》いので大急ぎで馬車を手配したんですが、もう到着したようです。さすがは『通過の町』。便利が良いですね」

お褒めの言葉をいただき、素直に頭を下げておく。

実は「通過の町」というのは単なる通称なのだが、いちいち訂正したりはしない。なぜなら、町の住人ですら正式な名は滅多に使わないからだ。

地図に記されたこの町の名は、本来はダロムという。

副官さんが褒めてくれた通り、ダロムの町は交通の便が良い。それこそがこの町の利点であり──同時に「通過の町」と呼ばれる所以《ゆえん》でもある。

ダロムの町は、王都から馬車でたった一時間ほどの距離にあるのだ。

その近さ故に、旅人や行商人はこの町に全く滞在してくれない。観光するにしても商売するにしても、少し移動すれば最大の都が近くにあるからだ。しかも頻繁に乗合馬車も出ているし、なんなら貸切馬車だって容易に手配できる。

だから人々はダロムの町を素通りする。いつの頃からか、「通過の町」だなんて不名誉な二つ名で呼ばれるようになってしまった。

……まあ、程よく都会で程よく田舎なこの町が、私はすっごく気に入っていたんだけどね。

しばらくここに戻れないのは寂しいけれど、決めたのは自分自身だ。後悔なんてするものか。

心に決めて、笑顔でみんなを見回した。

「──それじゃ、私はこれで。ローズ、フィンに手紙を渡しておいてね」

「……ええ。フィンが可哀想だけど……きっと大混乱するでしょうけど……泣き叫ぶかもしれないけど……。ちゃんと渡しておくわね」

遠い目で言い募るローズに首を傾げる。驚くは驚くだろうけど、泣きはしないと思うよ？

「……さ、名残は惜しいでしょうがもう行きますよ。団長がお待ちですから」

副官さんから促され、私は改めて全員に向かって頭を下げた。

「――それじゃ皆さん、行ってきます！　絶対に帰ってきますから、その時はまたよろしくお願いしますっ！」

ぶんぶか手を振り、返事も待たずに素早く玄関をくぐった。大きく音を立てて扉を閉める。

扉に両手を突っ張って、強く歯を食いしばり目をつぶった。

「別れは済んだのか」

平坦《へいたん》な声にビクリと顔を上げる。屋根の下、壁にもたれた氷の魔法士団長が、相変わらずの無表情で私を見下ろしていた。

「……はいっ。お天気も悪いから、早く出発しちゃいましょ！」

慌てて目を擦《こす》り、にぱっと笑う。飛び跳ねるように歩み寄ったところで、魔法士団長が軽く目を瞠《みは》っているのに気が付いた。その瞳に初めて感情の揺らぎが見えた気がして、息を呑む。

立ち尽くす私に、魔法士団長が無言で手を差し伸べてきた。

んん？　と疑問に思いつつ、そっとその手に触れてみる。

「――濡れるぞ。馬車まで一気に走れ」

力強く握り返され、ぱちくりと瞬きした。――その仕草に労《いたわ》りのようなものを感じて、冷えきっていた心がじんわり温かくなる。

へらりと頰を緩ませると、魔法士団長の眉がピクリと動いた。すぐに元の無表情に戻って、すっと目を逸らされてしまったけれど。

……アホ面を、お見せしちゃってスミマセン。

おお、五七五になった！

アホなことを考えていると、魔法士団長が促すように私の手を引いた。嵐の中をいっせーので駆け出そうとした瞬間、玄関の扉がバァンと開く。

鬼の形相の副官さんが仁王立ちしていた。

「ちょっとアンタ達ッ!! いつアタシを忘れてることに気付くかと待っていたのに、そのまま出発しようとしてたわねッ!? しかも小娘、アンタ自分の荷物も忘れてるわよ！」

はっ、しまった！

副官さんはともかく、荷物はとっても大事です！

「……荷物は忘れたら駄目だろう」

氷の魔法士団長がぼそりと呟く。完全同意だった私も「ですよね！」と声を張り上げた。

副官さんがみるみる柳眉を逆立てる。アンタ達、と呻《うめ》くような声を出した。

「――アタシの存在は、小娘の荷物以下かあああッ!?」

ガラピッシャーン!!

怒れる副官さんに呼応するかのように、またもタイミング良く雷鳴が轟《とどろ》くのであった。オーノー！

◇

荒天、王都へ向かう馬車の中。

副官さんはあからさまに私から顔を背け、むっつりと外を眺めている。……うん、かなり根に持ってるね？

会話のない気詰りな空気に居心地が悪くなり、ここに居ない男を恨めしく思った。

――なんと、私の旦那様（予定）は、私と副官さんを馬車に詰め込むと、馬を駆って先に出発してしまったのだ。

まさか嫁を置いていくなんて！

これが俗に言う「釣った魚に餌はやらない」ってヤツなのね!?

しばし悲劇のヒロインに浸ってみたところで、てへっと舌を出す。そもそも結婚なんて建前なのだから、それは別に構わないのだ。

心配なのは、氷の旦那様の体調のこと。

外は土砂降りなのに、風邪でも引いたらどうする気だろう。全くもうっ。

ため息をひとつつき、目の前の不機嫌大爆発な副官さんを上目遣いに窺った。仮にも旦那様の同僚さんなのだから、できれば仲良くなりたいと思う。

「……あのぉ、副官さんは……」

「わたしは『副官さん』などという名前ではありません」

私の方を見もせずに、にべもなく答える。

しかし、私はめげたりしない。千里の道も一歩から。歩み寄る姿勢こそ大切なのだ。

「副官さんはっ、なんてお名前なんですかっ」

「あなたに教える名はありません」

「副官さんはっ、どうして言葉遣いがコロコロ変わるんですかっ」

「あなたに関係ありません」

「副官さんはっ、とっても綺麗な黒髪ですねっ」

「フン、当ったり前よ！　ていうか、髪だけじゃなくてお肌も褒めなさいよね！　このツルピカ肌を維持するため、毎晩お手入れに一時間はかけてるんだから！」

まあ、魔法士として当然の嗜《たしな》みってやつかしらぁ～。

やっとこちらを向いてくれた副官さんが、頬に手を当てて得意気に微笑んだ。そんな彼をぽかんと眺める。

や、絶対ウソだよね？　だって、うちの旦那様はお肌荒れ荒れだったもん。

心の中で突っ込んでいると、副官さんが向かいの座席から身を乗り出した。私の髪を一房つまみ、痛くない程度にくいくいと引っ張る。

「そういうアンタは若さのお陰で肌こそ綺麗だけど、ひっどい癖っ毛よね。もっとキチンと手入れなさいよ。ちゃんと香油とか使ってる？」

「ううん、使ってないです。……使った方がいいのかな？」

「モチのロンよ！……仕方ないわね。アタシ愛用の香油を、分けてあげないこともないけどぉ？」

パチパチと瞬きしながら、ちらっちらっと私を見つめる。……魔力補充薬の件といい、副官さんはどうやら人と分けっこするのが好きらしい。

「なんか高そうだから遠慮します。使うのもったいないもん」

あっけらかんと断ると、副官さんは驚愕《きょうがく》したように目を見開いた。「……何を女子力の低いことを」と呻き、不快げに眉をひそめる。

「アンタね、シリルの嫁になる自覚はあるの？　あの男は、腐っても王弟……。——そう、これからアンタはッ！　社交界の女達の妬《ねた》み嫉《そね》みを、一身に引き受けることになるのよッ!!」

眉間にビシィッと指を突き付けられ、目を丸くして副官さんを見返した。しばし考え込んだ末、ぽんと手を打つ。

「そっか。私の旦那様、シリル様っていうんだぁ。そういえば、昨日もそう呼んでましたよね」

うかつなことに、旦那様に名前を聞くのをすっかり失念していた。

てへへと照れ笑いすると、副官さんがあんぐりと口を開く。信じられないものを見る目で私を見た。

「ウソでしょ……？　天下の魔法士団長の名を知らない、あんぽんたんがこの国にいるだなんてっ……。しかも、そのおバカが嫁ですって……!?」

あんぽんたん、おバカ……。

遠い目で反芻《はんすう》する私に構わず、副官さんは血走った目で私を睨みつけた。

「——いーいっ!?　アンタの旦那はシリル・レイディアス、無愛想・無表情・無口の三重苦！　ここディアス王国の現国王、アーノルド陛下の異母弟よっ」

「はい、わかりましたっ。ちなみに副官さんのお名前はっ？」

はきはきと返事をして、どさくさ紛れに再び質問してみた。副官さんは気取ったようにツンと顎を上げる。

「アタシはヴィンセント・ノーヴァ！　強く賢く心優しい、三拍子揃った美青年っ！」

「いよっ、この完璧美人ー！」

ひゅーひゅーー！

合いの手を入れると、副官さんは得意気に小鼻をうごめかした。興が乗ったように大きく身を乗り出す。

「——言っとくけど、社交界の女共だけじゃないわよ？　これから、シリルはアンタを自分の屋敷に連れ帰るんでしょうけど。ド庶民なアンタを、屋敷の使用人達がどう思うかしらねぇ？　王族に仕えるのを誇りとしている、気位の高い連中だもの」

意地悪く言いながら、楽しげに笑い声を上げた。えっ？　えっ？

「冴えない田舎者のアンタを見て、さぞかし驚き見下すことでしょうねぇ。陰湿なイジメなんか始めちゃったりしてぇー！」

キャー、怖ぁいッ！

くねくねと身をよじらせ一人で盛り上がる副官さんに、血の気が引いていくのが自分でもわかった。恐ろしい未来を想像し、ぶるぶると体が震え出す。

「い、イジメって……！　例えば、夕食で私にだけお湯みたいなスープを出したり、昼食がカチコチのパン一切れだったり、うっかり忘れたふりして朝食をくれなかったり……!?」

そんなの嫌ぁぁっ！

ギブミー快適な食生活ぅ――――っ！

「……アンタの懸念は食だけなワケ?」

さっきまでのハイテンションはどこへやら、副官さんが笑みを消して半眼で私を見やった。

「はいっ。ごはんはとっても大事ですっ！」

欲を言うなら、おやつも欲しいっ！

身振り手振りで熱弁する私に、副官さんは盛大なため息をつく。がっくりと俯いた後で、ヤケになったようにこぶしを握り締めた。

「――だったら。面倒な連中に見下されないよう、アンタは戦闘力を上げなさいっ。つまり何より優先すべきは、その底辺の女子力を上げることっ！」

「は、はいっ！」

ありがたい助言をいただき、姿勢を正して真剣に聞き入った。副官さんは至極満足そうに頷くと、こぶしを振り回して熱弁する。

「いい?　女子力とはすなわち戦闘力ッ！　さあ復唱なさい！」

「はい先生っ！　女子力とはすなわち戦闘力っ！」

「声が小さぁぁいッ！」

「女子力とはぁー！　すんなわちぃー！　戦っ闘っ力うぅ――――っ!!」

二人でこぶしを天井に突き上げて叫んでいると、ガタリと音を立てて馬車が停止した。外から扉が開かれる。

――超絶不機嫌な魔法士団長が待ち構えていた。

「……お前達。外まで意味不明な雄叫びが響き渡っていたぞ」

「………………」

副官さんと無言で顔を見合わせる。

あらヤダ。恥ずかしっ。

馬車から降りると雨は上がっていて、雲間から光の筋のように朝日が差し込んでいた。通過の町を出発した時の嵐が嘘のようだ。

眩しさに目を細めながら空を見上げていると、お腹がきゅるると高い音で鳴る。……うん、朝ごはん食べてないもんね。

「……ご苦労だったな、ヴィンス」

旦那様が副官さんにぼそりと告げた。そのまま踵を返し、振り返りもせずに一人でさっさと歩き出す。

「待っ……。――って、えええええぇっ!?」

慌てて追いすがろうとした瞬間、目に飛び込んできた光景に素っ頓狂な叫び声を上げてしまう。

……これが、旦那様のおうち……？　でかい、でかすぎる……！

屋敷はもちろんのこと、入口の門すら天高くそびえ立つよう。ぽかんとして門を見上げた。

「――くぉら小娘っ！　口を閉じなさい！」

副官さんから一喝されて、慌てて両手で口を塞ぐ。いけないいけない、女子力すなわち戦闘力っ！

「ていうかシリル！　礼なんかいいから朝食に招待しなさいよっ。本っ当に気が利かないんだから！」

ぷりぷりする副官さんに、旦那様は無言で頷き返すのみ。荷物を気にして振り返る私には、「使用人に運ばせる」と冷たく告げた。

ドキドキしながら三人で門をくぐり、広い庭を歩いてやっと玄関に辿《たど》り着く。待ち構えていた使用人さんが扉を開け放ち、荘厳な屋敷に足を踏み入れた。

ずらりと並んだ使用人さん達に出迎えられ、迫力に圧倒されて息を吞む。

その中から燕尾《えんび》服《ふく》を着たグレイヘアの男性が進み出た。使用人さん達の中で一番年配のようだし、気品と威厳のようなものを感じる。おそらく執事さんなのだろう。

さすが氷の旦那様の執事だけあって、彼もなかなかの無表情っぷりだった。感心して眺めていると、彼はニコリともせず優雅に一礼した。

「――お帰りなさいませ、旦那様。ようこそいらっしゃいました、ノーヴァ様」

渋い声がとっても素敵だ。

ほれぼれと聞き惚《ほ》れる私に視線を移し、やはり無表情のまま口を開く。

「初めまして。執事長を務めております、ジルと申します」

淡々と自己紹介を済ませたところで、彼はぎゅっと眉間に皺を寄せた。瞬く間に顔が歪み、唇もわなわなと震え出す。

ヒッ!?

早速始まるのか嫁イビリっ!?

「……くっ。お待ち……お待ち申し上げておりました！　奥方様あああっ!!」

爺《じい》は、爺は嬉しゅうございますぅ!!

ぶわぁっと涙をあふれさせる執事さん。……へっ？

おろおろしながら周囲を見回すけれど、他の使用人さん達も泣いていたり、目を輝かせて私を見ていたり、手を取り合って喜んでいたり。

ありゃ？

嫁イビリという名の様式美はどこに行った？

「……はあ。やはり、こうなりますか」

つまらなそうに呟く副官さんを、ぎゅんと勢いよく振り返った。いじめられるって脅してたじゃないですかぁ!?

目顔で責める私に、副官さんはあっさりと肩をすくめる。

「考えてもみなさい、この無表情男に仕える使用人達の悲哀を……。これからは嫁が間に立ってくれるのですよ？　屋敷の雰囲気が明るくなるのですよ？　喜ばないはずが無いでしょう」

「ええ、ええっ……。あまりに突然のことで驚きましたが、旦那様が自ら奥方様を選ばれる日が来るなど夢のようですっ……！　爺は今日死んだとて後悔ありませぬっ！」

そーこーまーでー!?

重い、重いです！　そもそも私、本物の嫁じゃありませんしっ。

パクパクと口を開きかけたところで、ぐおおおっとまた盛大に腹の虫が鳴り響く。ぎゃっ。お腹を押さえる私を見て、ジルさんは我に返ったようにハンカチで目元をぬぐった。

「奥方様、すぐに食堂へご案内いたします。何か召し上がりたいものはございますか？」

「ありがとうございますっ。えっと、好き嫌いはないので、何でも美味しくいただきます！」

きびきびと問う彼に笑いかけると、ジルさんも嬉しげに顔をほころばせた。

先導してくれるジルさんに続きながら、相変わらず表情筋の死んでいる旦那様を見上げた。怖々と腕を引き、小声で問いかける。

「……あの、私達の契約のことって……」

「言う必要は無い」

ですよねー。

「でも、シリル。この分だと、寝室が別だなんて難しいんじゃない？」

女言葉に戻って囁きかける副官さんに、旦那様は冷めた目を向ける。

「問題無い。――まだ子供だから、しばらく寝室は分けると伝えてある」

投げ捨てるように告げた。

子供というのはちょっぴり聞き捨てならないけれど、ほっと安堵したのは事実だ。

胸を撫《な》で下ろす私をよそに、副官さんが呆れたようにふはッと失笑する。

「それで納得されちゃうなんて、男としてあり得ないんじゃなぁい？……ううん、あり得ないと言うより。むしろ、男として終わってるわぁ」

「…………」

副官さぁぁぁぁぁんっ!?

旦那様の後ろにブリザード！　ブリザードの幻覚が見えますよ――――っ!?

「ぎょええええッ!?――ちょっ、シリルッ！　屋内で魔法を発動するのは反則でしょお!?」

私はパチクリと目を瞬いた。旦那様の周りに見える、きらきらと舞い踊る無数の粒子。例えるなら大きな雪の結晶のよう。

――どうやら、幻覚ではなかったらしい。

悟った途端、激しく震え出した自分の体を抱き締める。先頭を歩いていたジルさんが青ざめた顔で振り向いて、奥方様ッと悲鳴のような声を上げた。

私の様子に気付いた旦那様達も、息を呑んで諍《いさか》いを止める。ちょっと小娘、と心配したように声をかけてくれる副官さんに、ふるふると首を振った。

「……ごい」

「……は？」

聞き返されて、私はなんとか感動に打ち震える体を叱咤《しった》した。顔を上げて、もう一度同じ言葉を繰り返す。

「すごい、ですっ……。私、私……。元素魔法なんて生まれて初めて見ましたぁっ！」

生活魔法なら毎日のように見るけれど、元素魔法は一般人がおいそれと見られるものではない。きらきら輝く結晶の美しさに、うっとりと目を細めた。思わず伸ばしかけた私の手を、旦那様がはっとしたように摑んで止める。

「触るな、凍りつくぞ。……攻撃魔法だからな」

「えっ!? ごっ、ごめんなさい！　あんまり綺麗だったから、つい……」

しゅんと眉を下げると、旦那様は小さくかぶりを振った。私の手を放して指をパチリと鳴らした瞬間、無数の粒子は跡形もなく消え去ってしまう。

名残惜しいような思いに駆られる私に、旦那様は静かな視線を向けた。

「……元素魔法が見たいなら、今度外で見せてやる。それまで待っていろ」

口調はあくまで淡々としているし、顔だっていつも通りの無表情だけれど。

彼なりの優しさと気遣いを感じた気がして頰が緩んだ。ほわりと胸が温かくなる。

コクコク頷き、はにかみながら旦那様を見上げた。

「――はいっ！　楽しみに待ってますねっ」

◇

「さあ。どうぞお召し上がりください、奥方様」

「ふわぁ、とっても美味しそう……。いただきますっ！」

広いテーブルに並べられたのは、何種類ものパンにジャム、チーズに果物……。バイキング状態じゃないですかぁ！

目の前にはほかほかのスープに、肉厚なハムと太いソーセージ、温野菜のサラダ。

でもでも、主役は何と言っても焼きたてのパンケーキ！　二段重ねのパンケーキの傍らには、ホイップバターがこんもりと添えられている。

ジルさんがパンケーキにトロリと蜂蜜をかけてくれたので、心を弾ませながらナイフとフォークを手に取った。おおっ、ナイフいらないぐらいふわっふわ！

フォークで突き刺したひと切れにバターを絡め、はむりと口に入れた。ケーキにしみ込んだ蜂蜜とバターが、噛んだ瞬間じゅわっと口の中に広がる。

「…………っ」

目を丸くする私に、「そんなに美味しいですか？」と副官さんが苦笑した。旦那様も無言で私を眺めている。

もぐもぐ咀嚼《そしゃく》して嚥下《えんげ》すると、夢中になって頷き返した。

「すっごく、すっごく美味しいです……！　旦那様は食べないんですかっ？」

副官さんの前にもパンケーキが給仕されているけれど、旦那様の前には温野菜のサラダだけ。

……ウサギさんのごはんかな？

「団長は甘いものがお嫌いなのですよ。加えて朝はほとんど召し上がりませんし」

無言の旦那様に代わって副官さんが教えてくれた。私は驚愕のあまり目を見開く。

「えぇっ、ちゃんと食べなきゃ駄目ですよ！　一日の始まりは朝食にあり……！　活力も馬力も出ませんっ」

慌てて籠に入ったロールパンを手に取り、ナイフで切り込みを入れてバターを塗る。仕上げにハムとチーズを挟んでみた。

「はいっ、どうぞ！」

「………」

即席ロールパンサンドを差し出すと、何故《なぜ》か食堂の空気が凍りついた。

副官さんは息を呑み、給仕してくれている執事さん達も完全に動きを止めてしまった。全員顔から血の気が引いている。

どうしたんだろ、と首を傾げていると旦那様が動いた。無言で手を伸ばしてロールパンサンドを受け取り、黙々と口に運ぶ。

ちゃんと食事を取ってくれたことが嬉しくて、私は笑顔で旦那様を見つめた。

「美味しいですかっ？」

「……普通だ」

えーっ、それ絶対美味しいヤツなのに！

むうとむくれると、「……まあまあだ」と言い直してくれた。まあまあかぁ、普通よりは美味しいってことかな？

「私はソーセージを挟もうかなぁ。あ、でもジャムもいろんな味があるし……。うう、迷う～」

「好きに食べろ」

「はいっ」

お言葉に甘えて、いろんな種類のジャムを少しずつ味見することにした。だってどれも美味しそうなんだもん。

一口大にちぎったパンにジャムを塗っていると、視線を感じてふと顔を上げる。

副官さんがあんぐりと口を開けて私を見ていた。

「……どうかしましたか？」

副官さんは私の質問には答えず、口を開けたままギギギと首だけ動かし、今度は旦那様をじっと見る。またギギギと私の方に首を戻した。

「……なんか……見てはいけないものを、見てしまったっていうか……。明日にでも、世界は滅びるかもしれないっていうか……」

ブツブツとよくわからないことを呟いている。

どうやら独り言みたいなので、放っておくことにしてジャムの食べ比べに集中した。

甘いジャム、酸っぱいジャム、ほろ苦さを感じるジャム……。みんな違ってみんな美味《うま》ーい！

「――でも、私的ナンバーワンはこれですねっ」

じゃんっと乳白色のジャムを指差すと、それまで無言で私を眺めていた旦那様がジルさんへと視線を移した。ジルさんは慌てたように背筋を伸ばす。

「そちらはミルクジャムでございます。お気に召されましたか?」

「はいっ。濃厚ですっごく美味しかったです」

へらりと笑うと、ジルさんも顔をほころばせた。二人でほのぼのと笑い合う。

「……なんかアタシ……コホン。わたしはいろんな意味でお腹がいっぱいになりました。ご馳走様《ちそうさま》です」

副官さんが疲れきった様子でお皿を下げさせ、紅茶のカップに手を伸ばす。どうやら食後のお茶に移行するらしい。

旦那様もとっくに食べ終わっており、優雅な所作でお茶を飲んでいた。そんな彼をわくわくと見つめる。

「まだ果物も食べていいですか?」

「好きなだけ食べろ」

「ありがとうございますっ」

ゴツンと音を立てながら、副官さんがテーブルに頭を打ちつけた。……さっきからどうされました? 女子力とはすなわち戦闘力ですよー?

落ち着きのない副官さんを心の中でからかっていると、副官さんはヨロヨロと顔を上げた。

「……シリル。アーノルド陛下には、結婚のお許しをいつ頂くのですか?」

額を押さえながら、力なく問いかける。

「帰ってすぐに使いは出しておいた」

「納得していただけるといいですがね。――お相手がこの娘《こ》では、一体どうなることやら」

副官さんがついでのように付け足した一言に、旦那様の目つきが一気に険しくなる。

驚いて硬直する私に向かって、副官さんは大袈裟《おおげさ》に肩をすくめてみせた。

「アーノルド陛下は、団長に身を固めさせようと躍起になっておられるのですよ。縁談を持ち込む端から団長が撥《は》ねつけてしまうので、そもそも見合いが成立したことすらないのですが」

……そっか、縁談相手の方から断られたわけじゃないんだ。

思わず目を丸くしてしまう。昨夜、町長の奥様とライラさんから聞いた話とは大分違う。やっぱり噂というのは当てにならない。

ひとり納得して頷いていると、副官さんがますます楽しそうに身を乗り出した。

「それでも陛下に諦めるご様子はさらさらないのです。団長が国内のご令嬢をことごとく断ってしまったものだから、お次は他国の貴族にまで候補を広げるおつもりだそうで。アーノルド陛下の執念は凄《すさ》まじく、このままではさすがの団長も逃げ切れな――ごふぇッ！」

ノリノリでしゃべっていた副官さんが、突如奇声を発してうずくまる。テーブルに隠れていまいち見えなかったけれど、旦那様から肘鉄を食らったらしい。……朝ごはん逆流しないかなぁ。

こっそりお皿を退避させる私をよそに、副官さんが澄まし顔で体勢を立て直す。

「そうそう、あなた方の結婚の話でしたね。陛下との謁見《えっけん》が叶《かな》うまで、恐らく数日といったところでしょうか」

……すごい。何事もなかったかのように会話を続行している。

平静を装う副官さんをまじまじと観察しつつ、その内容にも驚いてしまった。

実のお兄さんなのに、会うには数日もかかるなんて。

王族というのは大変らしい。他人事《ひとごと》のように聞きながらブドウを食べていると、副官さんが私を見て意地悪そうに口角を上げた。

「早速、行儀作法を学ばないといけませんねぇ。あなたがマナー違反をした場合、恥をかくのはシリルですから」

「――んぐっ。……えええええっ!?」

ブドウが喉に詰まりそうになった。

謁見!?　マナー!?

私の辞書には無い言葉ですよっ?

大混乱していると、「別に構わん」と旦那様が静かな声で告げた。思わず縋《すが》るように彼を見る。

「今さら下がって困る評価は無い。……あまり気負うな」

「……でも」

そう言ってくれるのはありがたいけれど、迷惑をかけるのはやっぱり嫌だ。しゅんと落ち込む私に、旦那様は「まだ時間はある」とぼそりと声をかけてくれた。

副官さんもやれやれと言わんばかりに首を振った。

「……そうですね。とりあえず、わたしが礼儀作法を仕込みましょう」

「あ、ありがとうございますっ」

勢い込んでお礼を言う。

ほっと一安心したところで、目の前の果物に意識を戻した。さてお次は、と。

「――って、まだ食べるワケッ!?」

顔を真っ赤にした副官さんから大喝され、ひゃあと椅子から飛び上がる。

「え、いけなかったです!?」

「別に構わん」

「……ああ……。なんか、アタシもうダメかも……」

副官さんは完全にテーブルに突っ伏してしまった。ダメって何が!?

目を白黒させていると、食堂の外から何やら騒がしい物音が聞こえてきた。不審に思って目を向けた瞬間、轟くような音を立てて扉が開かれる。

「――シリルッ！　婚約者を連れ帰ったというのは、まことの話か!?」

激しい怒りと共に食堂に乗り込んできたのは、豪華な礼服に身を包んだ男の人だった。

荒い息を吐き、射殺しそうな目で氷の旦那様を睨みつけている。

食堂にさっと緊張が走る中、名指しされた当の旦那様は眉ひとつ動かさずに立ち上がった。肩を怒らせている男の人に歩み寄り、静かに頭《こうべ》を垂れる。

「――陛下」

へいかあああっ!?

気が付けば、給仕してくれていた執事さん達も全員壁際まで下がって礼をとっている。副官さんはと目をやると、彼も立ち上がって優雅にお辞儀をしていた。

えっ、どうしよう！　私も真似すればいいの!?

あわあわと立ち上がった瞬間、椅子を後方に倒してしまった。静寂に包まれた食堂で、椅子の倒れる音だけがけたたましく響く。

王様が顔の向きを変えぬまま、ギョロリと横目で私を見た。

（……ひぃっ!?）

怖い。怖すぎる……！

王様はゆっくりと体の向きを変え、剣呑《けんのん》に目を光らせて私を睨みつけた。私はといえば、呼吸すら忘れて茫然と王様の顔を見返すばかり。

うちの旦那様だって怖いけれど、お兄さんである王様はその比ではない。

頬骨の張ったいかめしい顔立ち、太い眉の下にはギラギラ光る三白眼、眉間に刻まれたくっきりとした二本の縦皺《たてじわ》……。

間違いない、ヤクザである……！

恐怖に縮こまっていると、目力の強すぎる王様がずんずんと大股で私に近付いて来た。

「――ひゃあっ!!」

口から悲鳴が飛び出して、そのお陰で呪縛が解けた。

迫りくる王様から逃げるように、ダッシュでテーブルを回って旦那様の背後に駆け込む。そのまま彼の背中にしがみついて目をつぶった。

（なんまんだぶ、なんまんだぶ……！）

あれ、違うか？

こういう場合はお経じゃないんだっけ？

大混乱していると、「陛下ッ！」という副官さんのひび割れた叫び声が聞こえた。首根っこを摑まれて、旦那様から無理やり引き剝がされる。

「――こーむーすーめーッ！　アンタのせいで、陛下が傷心してしまわれたじゃないッ!!」

……へっ？

般若《はんにゃ》の形相の副官さんから叱りつけられ、おろおろと王様の様子を窺った。

さっきまでの勢いはどこへやら、王様はがっくりと床にへたり込んでいた。己の震える手の平を茫然と見つめながら、蒼白な顔でブツブツと何事か呟いている。

「……ああ、やはり。やはりわたしの顔は、正視に耐えない程恐ろしいのだな……。アビーが泣き叫ぶのも無理はない……。ああ、もうこうなったら……！」

頭巾《ずきん》で顔を隠すほかなかろう！

「……はい？」

わあっと顔を覆って泣き伏す王様に、私の目は点になった。

頭巾、で顔を隠す……？

「──なりません、陛下！　陛下のその威厳あふれるお顔立ち、わたくし共はとても素晴らしいと思っております！　そうですよね、団長！」

副官さんが顔を引きつらせながら熱弁し、血走った目で旦那様に同意を求める。ハイと言え！と懸命に目配せしているようだ。

旦那様は副官さんとうずくまる王様を見比べると、冷めた口調で無表情に言い放つ。

「……隠したければ隠せばよろしいかと。どうぞ陛下のお好きなように」

「シーリルーッ!?」

副官さんが真っ青になる。

これ以上黙って見ていられなくて、私は床にへたり込んでいる王様に歩み寄った。膝を突き、怖々と彼の顔を覗き込む。

「あのあのっ！　失礼なことをして、大変申し訳ありませんでしたっ」

王様は泣き濡れた目で縋るように私を見つめた。ああぁ、すっごい罪悪感……！

「私、生まれも育ちも庶民なもので、王様にお会いして緊張してしまっただけなんです！　決してお顔が怖かったわけじゃありません!!」

ウソだけど！

「──本当に？」

涙目でぷるぷる震える王様に、「本当です！」と自信たっぷりに頷いた。

考え込むように口をつぐんだ王様は、ややあってニタァリと微笑んだ。ひぃっ!?

太い眉毛と三白眼を吊り上げて、口角だけを上げたその顔は、まるで数多《あまた》の修羅場をくぐり抜けて来た極道のよう。反射的に仰《の》け反《ぞ》りかけた私に気が付いたのか、王様はまたしても涙を溢《あふ》れさせる。駄々っ子のように頭をぶんぶんと横に振った。

「やはり怖いのではないか！　もうよいっ、今日から顔全面を覆ってやるぅ！」

「や、それじゃあ前が見えませんよっ？」

「目の部分だけくりぬくから問題無いっ」

それ間違いなく強盗犯じゃないですか！

突っ込みかけたところで、背後から腕を掴まれ無理やり立たされた。ぎょっとして振り向くと、氷の旦那様が不快そうに眉根を寄せていた。

「陛下。そんな事より、今すぐ我々の結婚の許しを頂きたい」

「…………」

旦那様、「そんな事」は酷くないですか？

きっと王様の心にさらなるダメージが……！

心配する私をよそに、王様の瞳に光が戻った。憤然とした様子で立ち上がる。

「──ならんっ。その娘は平民だろう！　今、このわたしが自ら相応《ふさわ》しき家柄の令嬢を探しているところだっ。家柄だけではないぞ。お前が今度こそ気に入るよう、無口で冷淡で無愛想で小食で、喜怒哀楽の『怒』しかわからない、すこぶるつきの無表情な令嬢を、必ずやこの手で見つけ出して」

そんな令嬢この世にいる？

首をひねる私の隣で、旦那様は全く顔色を変えずにかぶりを振った。

「必要ありません。わたしに相応しいというのなら、平民で充分なはず」

「駄目だ駄目だっ」

バチバチバチ。

それからはお互い無言、一歩も引かずに睨み合う。怖い顔が二人で二倍怖い、わけじゃない。

（……うん。百倍は怖い）

副官さんを含め、ギャラリーは全員金縛りにあったように動きを止めている。

ごくりと唾を飲み込んで、意を決して進み出た。旦那様の服の裾をついついと引っ張る。

「あのぉ、旦那様……？　ご家族がここまで反対されるなら、やっぱりその」

しどろもどろに訴える私を、旦那様がすうっと目を細めて見下ろした。重力を感じるほどの威圧感に、怯《ひる》みそうになりながらも必死で声を張り上げる。

「陛下の言われる通り、私と旦那様とじゃ身分が違いすぎると思いますっ。だからもう、この結婚はなかったことに……ヒィッ？」

その瞬間、比喩じゃなく食堂の温度が一気に下がった。ガラス窓はビシリと凍りつき、室内はさながら冷凍庫のよう。

さささ寒ぅいっ!?

「――コンっの大バカ娘がぁぁぁぁっ！　今すぐ撤回しなさぁ――いっ!!」

なんでなんでぇ!?

蒼白になった副官さんから怒鳴りつけられ、ガタガタと凍えながらパニックになる。

そもそもこの結婚は建前なのだから、名目が妻であろうと愛人であろうと変わりはないはずだ。

なんならメイドだって構わない。

副官さんだって、そんなことは百も承知なはず……!

目顔で訴えると、副官さんは自慢の美髪をぐしゃぐしゃ掻《か》きむしった。だすだすと地団駄を踏む。

「アンタの言いたいことは大体わかるけどっ！　人間とは一分一秒ずつ成長するものなのよ！　それと共に状況だって刻一刻と変化するものなのよ！　無口で冷淡で無愛想で小食で、喜怒哀楽の『怒』しかわからない、すこぶるつきの無表情な嫁なんか、今のシリルにはもう全っ然釣り合わないのッ」

わかったッ!?

引きつった顔で凄まれるけれど、残念ながらさっぱりわからない。おろおろと眉を下げた。

「ご、ごめんなさい。私よく……」

「だあぁっ！　要はアンタがさっきの発言を取り消さないなら、アタシ達全員が凍死するってことよ！　そんなのイヤよね？　取り消すわよねッ!?」

「とととと取り消しまするるるるっ」

やばい、歯の根が合わなくなってきた。

ガチガチ震えながら頷くと、副官さんは今度は王様に視線を移す。その顔からは盛大に鼻水が垂

れていた。

「へへ陛下ッ！　この二人は結婚してよろしいですねッ!?」

「ぶぶ、ぶわぁっクショ――――ッン!!」

「良かったわねぇシリルッ！　お許し頂けるんですってよ!?」

……いや、今の単なるくしゃみじゃないでしょうか……？

突っ込みたくとも上唇と下唇がくっついてしゃべれない。ワタクシもう何でも結構です、ハイ……。

◇

「くうぅ、温まるぅ～」

あかあかと燃える暖炉の前、毛布にくるまって生姜《しょうが》入り紅茶をずずずと啜《すす》る。

まだ暖炉には早い季節だと思うんだけどなー。この屋敷だけ一足先に冬が来ちゃったなー。

「……大丈夫か」

背後からぼそりと平坦な声で問いかけられ、揺り椅子に座ったままで旦那様を振り返った。ゆらゆらした揺れ心地がとっても素敵！

「はいっ、生き返りました！……旦那様こそ大丈夫ですか？　冷え性なんですよね？」

確か、昨日初めて会ったとき副官さんがそう言っていたような。

心配する私に眉根を寄せて、旦那様はぷいと顔を背けてしまう。

「俺は、慣れてる」

むっつりと答えた。

……ありゃ。なんか怒らせちゃった？

上目遣いに様子を窺っていると、ノックと共に扉が開いた。鼻の頭を赤くした副官さんが入ってくるのを、旦那様が鋭く一瞥する。

「あ～、さぶさぶ。陛下は無事お帰りになられたわよ」

寒そうに腕をさすりながら、私の隣に椅子を引きずってくる。どっかりと座り込んだところで、ようやく旦那様の視線に気付いたらしい。ヒッと短く悲鳴を上げた。

「な、なに怒ってんのよ？」

あ、やっぱり怒ってるんだ。

旦那様の感情を正しく読み取れたのが嬉しくて、私はでへへと笑み崩れた。出会ってたった二日目と考えると、なかなか上々な首尾と言えるのではなかろうか。

「……そして小娘はなに笑ってんのよッ」

「えへへ、なんでもないです～」

上機嫌でまたひとくち紅茶を飲む。

副官さんは拗《す》ねたように鼻を鳴らすと、それきり黙り込んでしまった。しばらくの間、暖炉の火の爆《は》ぜるパチパチという音だけが部屋に響く。

「……ね、そういえば」

欠伸《あくび》を噛み殺した副官さんが、ふと思いついたように顔を上げた。

「物は試しっていうか。アタシも、アンタに魔力を渡してみていーい？」

そこはかとなく楽しげな様子の彼に、ぱちくりと瞬きする。

表面上は軽い口調を装っているものの、副官さんの声音には隠し切れない好奇心が滲《にじ》み出ていた。

新しいおもちゃで遊びたがる子供を連想し、思わず噴き出してしまう。

くすくす笑いながら了承した私に、副官さんが早速手を伸ばしかけた、その時だった。

「――あいたぁッ!?」

「ヴィンス。いいからお前はさっさと出勤しろ」

副官さんの手を激しく叩《はた》き落とし、旦那様が冷ややかに命令する。その怒気を孕《はら》んだ口調に、私も副官さんも驚いて旦那様を見返した。

副官さんはしばし硬直した後、ややあって「ああ、なるほど？」と独り言のように呟いた。口元にほんのり微苦笑を浮かべて立ち上がる。

「ええ、了解よ。もう完全に遅刻だものね。……でも、お前はって――」

「俺達は今すぐ手続きに向かう」

……手続き？

首をひねっていると、副官さんが突然顔色を変えて旦那様に詰め寄った。

「はあッ？　ちょっとシリル、アンタ結婚式はどうするつもりなの。まさかと思うけど、誓約書だけ提出する気？」

「そうだ。式など必要無い」

旦那様の素っ気ない返答に、副官さんはみるみる柳眉を逆立てた。

「必要あるでしょぉぉッ!?　――ちょっと小娘！　ちゃんと主張しないと、このままじゃ式ナシになっちゃうわよ!?」

ええと……？

瞳を爛々《らんらん》と燃え立たせ、険しい顔で私に噛みつく。

この国では、国教会に婚姻の誓約書を提出することで結婚が成立する。結婚式を挙げる際に提出するのがセオリーである……が。

「私も、別に。――誓約書だけでいいんじゃないですか？」

あっけらかんと答えると、副官さんはあんぐりと口を開けた。……そんな驚く？

名目だけの結婚に、華々しい式は必要ないだろう。それに式を挙げるとしたら、旦那様側の出席者だけとんでもなく豪華になってしまう。身分差を考えると、式なんてやめておいた方が無難だと私も思う。

「そういう事だ。ヴィンス、俺は遅れると伝えておけ」

「えっ……？　えっ……？」

何やら副官さんが目を白黒させているが、私も勢いよく立ち上がった。

くるまっていた毛布を丁寧に折り畳み、揺り椅子の上にふわりと掛けておく。笑顔で旦那様を見上げた。

「準備完了ですー！　行きましょ、旦那様！」

「ああ」

パッと駆け寄ると、旦那様は無表情ながらもなんとなく満足そうな様子で頷いた。そのまま二人で部屋を出ようとすると――

「待っちなさいよぉ――――っ!?　せめて小娘は着替えなさいっ。そんなみすぼらしい格好で婚姻誓約書を提出するだなんて、他の誰が許してもこのアタシが許さないッ！」

扉の前に回り込み、鼻息荒く言い放つ。

ええー、誓約書提出に服装規定があるんですかぁ？　それにみすぼらしいって……一般庶民は皆こんなものなんですよぅ。

ぷうとむくれる私など知らぬげに、副官さんは頬を上気させ計画を立て始めた。

「この家には若い女物の服なんかないから、すぐに商会を呼びましょう！　髪とメイクはアタシがやるから問題ないわっ」

よぉし、そうと決まったら急がなくっちゃあ！

意気揚々と言い置くと、弾むような足取りで立ち去ってしまった。

……えっと、お仕事は？

胸の中で呟く私を、旦那様が静かな瞳で見下ろす。きょとんと見上げると、無言で腕を取られて扉の方へ促された。

「……行くぞ」

「ええっ!?」

これから洋服屋さんが来るのでは？

「待っていたら日が暮れる。あいつのことは放っておけ」

「………」

置いて行かれたと知った時の、怒り狂う副官さんの姿が目に浮かぶ……。

言葉に詰まる私を見て、旦那様は不機嫌そうに眉をひそめた。

「服なら後日、いくらでも買ってやる。まずは誓約書だ」

や、別に服を欲しがってるわけじゃないんだけど。

旦那様のあまりにきっぱりとした口調に驚き、弁解するのは止めにしてこっくり頷いた。なんだかよくわからないけれど、よっぽど急いでいるのだろう。

そのまま二人で足早に玄関へと向かう。

「――旦那様。馬車の支度が整っております」

玄関先で待ち構えていたジルさんが、流れるように扉を開けてくれる。

無言で頷き返すだけの旦那様に代わり、私はジルさんに大きく手を振った。

「ありがとうございますっ。行ってきまーす！」

「はい、行ってらっしゃいませ。旦那様、奥方様」

嬉しげに顔をほころばせるジルさんから見送られ、深緑色の四輪馬車に乗り込む。中は二人乗りになっていた。こういうのってクーぺっていうんだっけ。

カタリと揺れて馬車が動き出す。

朝方の嵐の名残の水たまりが、陽光を反射してきらめいていた。隣に座る旦那様をわくわくと見上げる。

「すっごく可愛い馬車ですね！」

「ああ」

「あっ、旦那様！　あそこにケーキ屋さんがありますよ！」

「ああ」

「猫が寝てますー！　あはは、しっぽだけぴこぴこ動かしてる～」

「ああ」

何を話しかけても「ああ」しか答えないけれど、決して機嫌が悪いわけではなさそうだ。だから私は気にせずに、窓から見える景色を逐一実況中継する。

王都は「通過の町」からごく近いけれど、近すぎるせいか逆に今まで来る機会がなかった。目に見えるもの全てが目新しくて、隣の旦那様に報告せずにはいられない。

「はっ、お洒落《しゃれ》なパン屋さん発見！……一緒に孤児院で育った、フィンっていう同い年の男の子がいるんですけどね？　その子、見習いパン職人なんですよー。いつも練習で焼いたパンを差し入れてくれて、それがすっごく美味しくて。……なんて、話してたらまた食べたくなっちゃったなぁ。通過の町に里帰りしたら、すぐフィンにも会いに行かなくちゃ――」

調子に乗ってペラペラしゃべっていると、馬車の空気が急激に冷たくなった。

あれ……？

クーラーのスイッチ、入れちゃったかな……？

「……あっ、旦那様！　あそこの花壇のお花、とっても綺麗ですねー？」

寒さに震えながら、慌てて別の話題に変える。すっと冷たい空気が消え去った。

……旦那様。

ワタクシ、あなたのクーラーポイントがわかりませぬぅっ！

◇

誓約書の提出はつつがなく終わった。

……結果的には、だけど。

当初、神父様はかたくなに受け取りを拒否した。

身分もあるのだし、きちんと慣例に従って挙式の際に提出すべきだと、口を酸っぱくして説得してきた。旦那様の冷たい視線にも怯まない神父様は立派だったと思う。

「でも、最後には受け取ってくれましたね～」

教会の温度が下がるにつれて、神父様からだんだん元気が失われ、ついには降参してしまったのだ。ブリザードを経験した私からしたら、「アラひんやり？」という程度の寒さだったのだけれど。

「神父様、寒いの苦手だったのかなぁ」

ベッドに深く腰かけ、足をぶらぶら揺らしながら首を傾げた。

手の平に魔力を宿しては私の額に触れる、という動作を繰り返していた旦那様が、無表情に小さく頷いた。

「……腰痛持ちらしい」

ぼそりと告げられ、私はぽんと手を打った。なるほどなるほど。

夕食後、旦那様の部屋でのひとときである。

教会で誓約書を（無理やり）押し付けた後、旦那様はお仕事へ、私はひとり馬車で屋敷へと戻った。

案内された私の部屋は旦那様のお隣で、すでに室内は綺麗に整えられていた。これから足りないものを揃えてくれるらしいけれど、孤児院育ちの私からすればもう充分である。

美味しい昼食をいただいた後は、ふかふかベッドに寝転んで、ぐうすか昼寝を堪能した。……なんか、我ながら自堕落の極みのような。

ここに来た目的を忘れてはならない。というわけで、初日のお仕事を開始したわけである。

――といっても私は完全に受け身で、特にやることはない。旦那様がせっせと作業するのを見守りつつ、思い付いたことを脈絡なくしゃべった。

「そういえば、副官さんは大丈夫でした？　置いてかれて怒ってなかったです？」

「別に。問題無い」

「…………」

多分、そんなわけないと思う。

適当な返事をする旦那様に、思わず疑いの眼差しを向けてしまう。

次に副官さんと会えるのはいつになるだろう。きっと怒り心頭に違いないから、なるべく早く謝らなければ。なんとなく根に持つタイプな気がするし。

「旦那様は明日もお仕事ですか？」

「ああ」

「副官さんも？」

「……ああ」

なら、謝罪の手紙でも書こうかなぁ。

それとも、直接会いに行った方が誠意が伝わる？

「副官さん、明日はお仕事忙しいですかね？」

「…………」

旦那様の眉間にぐぐっと皺が寄る。

返事がないのを怪訝《けげん》に思い、彼の腕をそっと揺さぶった。

「……旦那様？　私、副官さんに会いたいんですけど……」

「なぜ」

端的な問いかけと共に、ひたと真正面から見つめられた。相変わらず眉間の皺は深くて、何が彼の地雷に触れたのかわからない。

んん？　と首を傾げつつ、「今日のことを謝りたいから」とこちらも端的に答える。

「必要無い」

にべもなく吐き捨てると、話は終わりだとばかりに顔を背けられた。ええー？

結局、その夜はそれ以上話すことなく。

記念すべき初仕事は、なんとも気まずい雰囲気のままで終わってしまった――


「……ふっああああああ～」

翌朝、ベッドの上で大きく伸びをする。

昨日はたっぷり昼寝したというのに、自室に戻って横になった途端に爆睡してしまった。どうやらかなり疲れていたらしい。

（……やっぱり緊張疲れ、かなぁ……）

居心地の良い職場から離れ、分不相応な場所での慣れないお仕事。仕事内容は大したことないし、ごはんだって美味しいのだから、文句など言ったらバチが当たるのだけれど。

疲れの原因の最たるものは、自分でもよくわかっている。

クーラーポイント不明な我が旦那様。氷の魔法士団長その人である。

思わずため息をついてしまい、慌てて両手で口を塞ぐ。いけないいけない、後悔しないって決めたじゃないか。

落ち込みかけた自分を叱咤するため、あえて勢いよく立ち上がった。

（大丈夫、大丈夫。少なくとも、不機嫌な時はわかるようになったんだから）

これから少しずつ、彼を理解できればいい。そうすれば、不機嫌以外の感情も読み取れるようになるだろう。

気合いを入れて着替えを済ませ、四方八方に跳ねまくった髪を撫でつけた。……うん無理、これは直らないね！

早々に諦めて部屋を出る。

「――わっ!?」

扉を開けた瞬間、壁に寄りかかる旦那様の姿が目に入った。旦那様は私に気付くと、組んでいた腕を解いて顔を上げる。

「昨夜は――……」

昏《くら》い目で言いかけて、驚いたように言葉を止めた。無言で私の髪に手を伸ばす。……ハッ!?

「見事な寝癖だな」

なんとなく感心したように呟かれ、私は反射的に真っ赤になった。あわわわ、とぴょんぴょん元気な髪を手で押さえつける。

さすがにこれは恥ずかしすぎだ。女子力以前の問題である。

必死になって旦那様に取りすがった。

「ちっ、違うんですー！　昨夜はあれからお風呂に入って、髪を乾かす前に寝落ちしちゃって……！　いつもはもっとマシなんですよっ？」

私の弁解に旦那様は小さく頷き、目元を隠して顔を背けた。

えええ、見ていられないってことですかぁ!?

頭を抱えていると、旦那様から腕を取られる。

促すように手を引かれ、食堂まで二人で歩いた。隣に並んでそっと見上げたその横顔は、決して怒ったり呆れたりしているふうではなく。

――むしろ。

（なんか……楽しそう？）

私の気のせいかもしれないけれど、もしもそうならちょっぴり嬉しい。恥をかいた甲斐もあるというものだ。

くすくす笑う私に旦那様は無言のままだったが、不思議と心地良い沈黙だった。気持ちが前向きになったせいか、急激に空腹を感じる。威勢よくお腹が鳴った。

「うー、お腹減りました……」

「ああ」

やっぱりなんだか楽しそうに返事をしてくれて、私の胸もほんわり温かくなる。昨夜からの悩みが嘘のように消えていた。そのまま飛び跳ねるように食堂に入ろうとして――

「アーンーターたーちー……。昨日はきっと二人揃って謝罪に来るだろうと待ち構えていたのに、結局来なかったわねぇ……？」

お陰でアタシは寝不足よーッ！

突然現れた副官さんに、ぎょっとして後ずさる。

弁解しようと口を開きかけた瞬間、副官さんはカッと目を見開いた。私を見て驚愕したように唇をわななかせる。

「小娘……っ！　アンタ、その髪は一体どういうつもり……？」

ギョロ目で睨みつけられ、慌てて気をつけの姿勢を取った。やっばぁ……！

「まさかまさか、髪が生乾きのまま寝たわけじゃあないわよねぇ……？　いくらアンタでも、そんなアホなことはしないわよねぇ……？」

「え、えへっ？」

副官さんが信じられないものを見る目で私を見た。すうぅっと息を吸い込む。

「コンのっ、大罪人がぁ――っ！　女子力とはぁ――っ!?」

「戦っ闘っ力っでぃ――すっ!!」

敬礼付きで答えると、副官さんは鼻息荒く頷いた。そのままむんずと私の後ろ首を掴み、ずりずりと廊下を引きずる。ああっ、朝ごはんが遠ざかっていくぅ!?

「アンタの髪、色は悪くないのよね。明るい栗色ってアタシ好きよ」

食堂まであと一歩というところだったのに、副官さんに拉致された私は自室へと逆戻りしてしまった。問答無用で鏡台に座らされ、背後から髪をいじられる。

お腹減ったんだけどなぁ……。

胸の中でしんみり呟く。

副官さんはそんな私に気付かないようで、小鼻をうごめかして私の後ろから鏡を当てた。

「——さっ、どぅお？　この複雑かつ優雅な編み込みはっ」

鏡に目を移し、思わずぱっかりと口を開けてしまった。

うわスゴっ！

ふんわりとやわらかく編み込まれた髪は背中に流れ、うなじの辺りでひとつにまとめられている。私の栗色の髪に、大きなリボンの派手すぎるぐらい鮮やかな赤が綺麗に映えていた。

「可愛い～！　こんなに真っ赤なリボン、初めてつけましたっ！」

さっきまでの不満はどこへやら、はしゃぎながら副官さんを振り返る。やっぱり女子として、可愛い髪型にはテンション上がるっ。

副官さんはふふんと得意気に胸を張った。

「栗色には赤が合うからね。アンタに似合うと思って、わざわざウチから持って来てあげたのよ。感謝しなさいよね！」

「はいっ。ありがとうございます、副官さん！」

大仰に拝んでみせると、副官さんは小さく苦笑した。

「ヴィンス、でいいわよ。どうやらアンタとの付き合いは末永くなりそうだし？——これから改めてヨロシクね、ミア」

手を差し伸べられ、慌てて副官さん……ではなくヴィンスさんの手を握る。

「こちらこそ……！　よろしくお願いします、ヴィンスさんっ」

嬉しさで顔がだらしなくにやけ、照れ隠しに腕を上下にぶんぶん振った。彼も楽しそうな笑い声を上げる。

「さ。アンタの偏屈旦那が待ち構えているでしょうから、そろそろ行くわよ」

てきぱきと鏡台の前を片付けていく。

本当は旦那様も私の部屋に入ろうとしたのだけれど、「女の身支度を覗くんじゃないわよ！」とヴィンスさんから追い出されてしまったのだ。

「はーい！……ところでヴィンスさんって、美容に詳しいんですね？　髪のアレンジまで出来るなんてすごーい！」

賛辞を送ったら、なぜか彼はピタリと動きを止めてしまう。眉根を寄せて私を振り返った。

「ああ……まあ、ね。最初は『フリ』だったんだけど……だんだん本気でハマってしまったというか。……結局、性《しょう》に合ってたってことかしらね？」

俯き加減に、最後は自問自答するように呟く。

……フリ？

首を傾げる私に、ヴィンスさんははっとしたように顔を上げた。

「ああ、なんでもないわ。アタシの話は置いといて……とりあえず朝食ね！　せっかく早起きしてご馳走《ちそう》になりに来たんだから！……あら、でももうこんな時間？　今日も確実に遅刻でしょうね」

それでいいのか魔法士団!?

あまりの緩さにずっこけてしまった。

これ以上遅くなっては大変と、大急ぎでヴィンスさんの背中を押して部屋を出る。

部屋から出てすぐヴィンスさんは足を止めた。

「――あら、シリル。先に食べてても良かったのに」

ぴょんと彼の背中から飛び出すと、不機嫌オーラ全開な旦那様が壁に寄りかかっていた。あはは、さっきと全く同じ格好。

ニマニマして見上げる私を、旦那様も無言で見返した。

ヴィンスさんの力作をよく見て欲しくて、旦那様に向かってわざとらしくお辞儀した後、軽やかに一回転してみせる。長いスカートがふわりとなびいた。

「どうですかっ？　すっごく可愛いと思いませんか!?」

わくわくと旦那様に詰め寄る。

さあさあ、ヴィンスさんの神業を褒め称《たた》えてくださいっ。

だが、旦那様はすっと目を逸らして「ああ」と短く答えただけだった。えーっ、それだけぇ？

「ホンット素直じゃないわねぇ」

くすくすと笑うヴィンスさんを、旦那様はギロリと睨みつけた。ヴィンスさんは「やだ怖ぁい」と茶化すように言って、軽く肩をすくめただけだったけれど。

「……終わったのならもう行くぞ。今出れば間に合う」

「ええっ？　アタシの朝食は!?」

「抜け」

「そんなあああっ!?　ここの朝食、今日も楽しみにしてたのにっ！」

二人の漫才のようなやり取りに、焦りながら割って入る。旦那様の服を摑んで揺さぶった。

「駄目ですよ、旦那様！　朝はきちんと食べないとっ」

「………」

旦那様は眉をひそめて考え込み、ややあって小さく首肯する。

「……出勤してから何か食べる」

本当かなぁ、と疑いつつ、仕方なく私も頷いた。

さすがに二日連続で遅刻するのはアレだしね……。

ぶうぶう文句を言うヴィンスさんを宥《なだ》めながら、三人で足早に玄関へと向かう。

「ンもう、それじゃあ行ってくるわね」

玄関に着いてもまだぶうたれているヴィンスさんに、苦笑しながら大きく手を振った。

「はいはい。行ってらっしゃい、ヴィンスさん」

「ええ。……あっ、そうだミア。明日商会がこの屋敷に来るよう手配しておいたから、アタシも立ち会ってあげるわ。明日はアタシも休みだし、アンタ一人じゃどんな服を選べばいいかわからないでしょ？」

なんと。それは大助かりである。

「ありがとうヴィンスさんっ。よろしくお願いします！」

勢い込んでお礼を言うと、隣にいる旦那様からゆらりと黒い何かが立ち昇った……ような気がする。

ヴィンスさんが旦那様にニヤリと笑いかけた。

「あぁら、ゴメンなさい。もう行かなくちゃよね？　アタシ空腹だけど頑張るわミア、じゃあねミア、また明日ねミア」

「？　はいっ、ヴィンスさん。また明日！」

やけに私の名前を連呼するのを不思議に思いつつ、笑顔でもう一度彼に手を振る。それから旦那様に向き直った。

「旦那様もお気を付けて！　お仕事頑張ってくださいね！」

「………」

無言の旦那様は口を開きかけ、何も言わずに閉じる。そして意を決したように再び開き――やっぱり何も言わずに閉じてしまった。

辛抱強く待っていると、旦那様が眉を吊り上げて私を睨んだ。なになにっ？

旦那様はいかめしい顔で深呼吸して、やっと言葉を発した。

「………ああ」

散々溜めてそれだけですかっ？

思わずだあっと崩れ落ちる。

旦那様は苦虫を噛みつぶしたような表情になると、肩を震わせて笑っているヴィンスさんの首根っこを引っ掴んだ。そのままくるりと回れ右して出発してしまう。

慌てて二人の背中に向かい、もう一度「行ってらっしゃい！」と叫んだ。

二人が馬車に乗り込むのを見送って、ふうとため息をつく。

……ウチの旦那様、やっぱり何考えてるかわかんないかも。

でも、なぜだかそれが楽しい。

我知らず口元がほころんで、お腹の底から温かな笑いがこみ上げてきた。

第二章 新たなお仕事開始です！

契約結婚開始から一週間。

私は徐々にこの屋敷での生活に慣れ始めていた。

朝起きて、旦那様と一緒に美味《おい》しい朝ごはん。旦那様を見送って、昼は美味しい昼ごはん。そして三時に美味しいおやつ、夜は旦那様が帰ってきてから美味しい夜ごはん――

……いや、食べてばっかだな私!?

このままでは体重増加待ったなしである。これではイカンと、危機感を覚える次第なのであります。

「――と、いうわけで。何かお仕事がしたいですっ」

夜、旦那様の部屋での『わんこそばタイム』にて。

私は必死の形相で旦那様に詰め寄った。

ちなみに『わんこそばタイム』とは私が勝手に命名した。旦那様が手の平に宿した魔力を私に移す、まるで何度もおかわりを繰り返しているようなその仕草から、わんこそばを連想してしまったのだ。

……いえ、わんこそばを食べたことはありませんけど。

生前、一度でいいから食べてみたかったなぁ。和食も心底恋しいなぁ。じゅるり。

……ハッ!?

駄目だぁ、また思考が食に走ってしまったぁ！

悪《あ》しき欲望を振り払うため、ぶんぶんと勢いよく首を横に振る。

「このままじゃあ、私はとんでもないドスコイに……！」

「……どすこい？」

旦那様が眉をひそめる。私の額にトンと人差し指を当て、激しい首振りを止めてくれた。

「……別に、好きな物を好きなだけ食べればいいだろう。仕事など必要無い」

「駄目ですっ。甘やかし厳禁っ。――それに！」

私はぴっと指を立て、しかつめらしく旦那様を見上げた。

「食べ過ぎだって万病のもと！　健康のため、適度な運動は大事なんです！」

せっかく今世では健康に恵まれたというのに、自堕落な生活を送った挙げ句、病気にでもなったら目も当てられない。

重々しい私の言葉に、旦那様ははっとしたように「万病……」と呟《つぶや》く。ややあって、険しい顔つきで頷《うなず》いた。

「わかった。何か考えてみる」

おおっ！　さすが自身が体調不良に悩まされているだけあって、「健康」というワードに敏感ですね！

あまり表情が変化しないからわかりにくいが、内面はやっぱり優しいひとなのだ。嬉《うれ》しくなって、にへらと頬が緩む。

ほのぼのとした空気のまま、穏やかな夜は更けていった。


「まあ、確かにアンタは暇かもねぇ。普通、貴族の奥方ってのは、パーティだのお茶会だの社交で忙しいもんだけど」

今日は旦那様だけお仕事で、ヴィンスさんはお休みらしい。

昼過ぎに屋敷に遊びに来てくれたので、庭で優雅なおやつタイムの真っ最中だ。庭には綺麗《きれい》に手入れされた花が咲き乱れ、そよそよ吹く風も気持ちいい。暑い夏が過ぎ去った今が、一年で一番過ごしやすい季節かもしれない。

「社交。……私もするべきなのかなぁ？」

紅茶のカップを口元に運びかけた手を止めて、私はげんなりと呟いた。貴族の奥様方に交じって「おほほ」とうまく立ち回れる気がしない。……うん、私には絶対に無理だ。

情けない顔をする私を見て、ヴィンスさんは軽やかな笑い声を上げた。

「心配しなくても、誰もアンタを招待したりなんかしないわよ。あの氷の魔法士団長の奥方様だもの。何か粗相《そそう》があったら恐ろしいことになる――皆そう思ってるに違いないわ」

「……ヴィンスさん。確か、私は社交界でいじめられるって、前に脅してきませんでした？」

恨めしげに問うと、「あぁら、そうだったかしらぁ？」とヴィンスさんはすっとぼけた。こーの確信犯めぇ。

「ま、アタシもアンタは仕事なんかしなくていいと思うけどね。せいぜいシリルに貢がせて、太平楽に過ごしてりゃいいのよ」

ヴィンスさんのあんまりな発言に、むっとして顔をしかめる。

「そういうわけにはいきませんよっ。……私、旦那様に迷惑かけたくないもん」

旦那様は私を思いやってくれているのに。

執事のジルさんの話では、以前の旦那様は毎日夜遅くまで働いて、屋敷には寝に帰ってくるだけの生活だったらしい。でも今はきちんと夕食前には帰宅する。きっと慣れない私を気遣ってくれているのだろう。

一生懸命熱弁する私に、ヴィンスさんは思いっきり失笑した。

「シリルが誰に対しても優しいとか、ありもしない幻想を抱くのは止《や》めておきなさい。そもそも、アンタだって脅されて嫁になったわけでしょ？」

「それはまあ……そうですけど……」

勢いをなくして言葉に詰まった。

ヴィンスさんはテーブルに頬杖《ほおづえ》をつき、そんな私を優しい眼差《まなざ》しで見つめる。

「……ま、シリルのことも仕事のことも置いといて。アンタには他に心を砕くべきことがあるわよ？　差し当たっては、アビゲイル王女殿下の誕生日パーティ……。それがアンタの社交デビューになるのねぇ……」

「…………」

うえええええっ!?

なにそれ初耳ぃ――――っ!!

「お、王女様の誕生日パーティ!?　だって、私を招待する人なんかいないって、さっき……!」

「全ての社交から逃れられるわけないでしょ。ちなみに、この間注文したドレスはそれ用ね」

なんと!

ヴィンスさんに見立ててもらい、普段着とお出掛け用の服を注文したのはつい先日の話。

ヴィンスさんが次から次へと決めてしまうものだから、側《そば》で見ているだけの私はハラハラしどおしだった。そんなに沢山いらないと抵抗したけれど、「シリルに恥をかかせる気!?」の一言には黙るしかなかった。

その中で、確かに光沢のある布を注文していた。パーティ用のドレスを作るのだと言っていたような気もするが、疲労困憊《こんぱい》しすぎて今の今まで忘れていたのだ。

「どど、どうしよう……っ」

大パニックに陥る私を見て、ヴィンスさんは耐えきれなくなったように噴き出した。

「安心なさい。まだパーティまで一ヶ月近くあるし……夜会じゃなくてガーデンパーティらしいから、そこまで肩肘張った会じゃないわ」

そうなんだ……。

ガーデンパーティなるものに参加したことはないけれど、こんな風に庭で歓談するぐらいなら私にも出来るかもしれない。

「アビゲイル王女殿下は来月九歳になられるの。もっと幼い頃は咳《せき》の発作が酷《ひど》くて転地療養されていたけど、今は元気におなりだそうよ。それもあって、王宮の庭園でのんびりしたパーティを開くことにされたんじゃないかしら」

ヴィンスさんの説明に真剣に聞き入る。子供の世話なら孤児院で慣れているし、女子同士仲良くなれるかもしれない。

「――わかりました！　私、頑張りますねっ」

勢い込んで宣言した途端、ヴィンスさんはニヤリと笑う。

「良いお返事ねぇ。……じゃ、さっそく頑張ってもらおうかしら？」

……へ？

きょとんとする私を尻目に、ヴィンスさんは意気揚々と立ち上がった。胸元から取り出した伊達《だて》らしき眼鏡をかけて、真っ白な手袋をはめる。ビシッと気取ったポーズを取った。

「――さあ、ヴィンセント様のマナー講座を開始するわよぉ！　挨拶、お辞儀、食事の仕方……は食べなきゃいいから飛ばすとして」

「いや食べますよっ!?」

聞き捨てならない台詞《せりふ》に全力で突っ込むと、ヴィンスさんから鼻で笑われた。

「どうせドレスが苦しくて食べらんないわよ。アンタはうふふと上品に微笑《ほほえ》んで、ひたすらお茶だけ飲んどきなさい」

そんな殺生なぁぁぁっ!?

――こうして。

せっかくの気持ちの良い午後は、ヴィンス鬼教官による怒濤《どとう》のマナー講座で過ぎ去ったのであった……。

「――と、いうわけで。すっごく大変だったんですー！」

今日も今日とて、夕食後のわんこそばタイム。

仕事人間な旦那様と、時間を気にせずゆっくり話せる唯一の時間である。

……といっても、ほとんど私が一方的にしゃべっているだけなのだけれど。今日のごはんやおやつで美味しかったもの、屋敷の中を探検した話など、とりとめのないことばかり。

でも、今日は違う。

伊達眼鏡がお似合いなヴィンス先生のマナー講座を、身振り手振りで熱く再現した。しばらく黙って聞き入っていた旦那様は、相変わらずの無表情で私を見返した。

「……別に、マナー練習など必要無い」

無愛想に告げられ首を傾《かし》げる。

王女様の誕生日パーティ、私は出席しなくていいってことかな？

疑問が顔に出ていたのか、旦那様は小さくかぶりを振った。

「王と王女に、祝意だけ伝えてすぐに出るからだ。お前は俺の横に居るだけで良い」

「ええっ？　姪《めい》っ子さんのお誕生日会なのに、それでいいんですか？」

驚く私に、旦那様はやはり眉すら動かさない。ぽんと私の額に魔力を移し、つれなく答える。

「単なる義理で出席するだけだ。そもそも、俺が長居したところで周囲を緊張させるだけだろう」

「…………」

どうしよう。

口が裂けても「えーっ、そんなことないですよぅ！」なんてお愛想は言えない……。

旦那様は苦悩する私に気付かないようで、再び魔力を私の額へ移す。その後、指で優しく私の前髪を整えてくれた。この仕草がわんこそばタイム終了の合図である。

私は腰かけていたベッドから機敏に立ち上がり、座ったままの旦那様に笑顔で挨拶する。

「それじゃあ、おやすみなさいっ」

旦那様ははっとしたように手を伸ばし、出て行こうとする私を摑《つか》んで引き止めた。

「待て」

「？　はいっ」

まだ何か用事があるらしい。

私はもう一度ベッドに座り直し、隣の旦那様を首を傾げて見上げた。旦那様の言葉を待つ。

「…………」

待つ。

そして待つ。

ひたすら待つ。

「…………」

……なぜに、無言？

「あのぉ。旦那様？」

旦那様は私の方を見てすらいない。

つんつんと肩を突っついて注意を引いてみると、やっと険しい顔つきでこちらを見た。またしばし黙り込んだ後、怒ったような声で言い放つ。

「……俺は、明日休みだ。明後日《あさって》も」

「へぇ！　珍しいですね！」

珍しいというより、私がこの屋敷に来てから初めてのことである。

ヴィンスさんから聞いた話によると、たとえ休みの日であっても旦那様は欠かさず魔法士団に顔を出していたらしい。強力な魔法を使うチャンスを逃したくないからだそうだ。

でも今は私がいるから、無理に魔法を使って魔力を減らす必要はないのだろう。少しは役に立てているのかも、とじんわり嬉しくなってくる。そういえば、目の下の隈《くま》もだんだん薄くなってきた気がするし。

くすぐったさに小さく笑い、笑顔で隣に座る旦那様を見上げた。

「そっか、お休み……。なら、せっかくだから遊びましょ！　何かしたいことはありますか？」

張り切って問いかけると、強《こわ》ばっていた旦那様の表情が少しだけ緩む。緩んだところで無表情に戻るだけなのだけれど、少なくとも怒っているような顔ではなくなった。

「……王都から、馬車で数時間程度の場所に。王族の別荘がある。保養地だ。湖畔の」

……単語だなぁ。

湖畔の別荘に一緒に行かないか？ってことかな、つまり。

「元素魔法が見たいと前に言っていただろう。あそこなら人が居ないから、ちょうどいい」

ぷいと顔を背けながらぶっきらぼうに告げられ、私は思わず目を輝かせた。

湖畔の別荘。

ちょっとした遠出。

それからそれから……元素魔法!!

「行く！　行きます!!」

大はしゃぎで返事をすると、旦那様はぐぐっと眉間に皺《しわ》を寄せた。またしても怒ったような表情になっている。

「ならば明日の早朝出発する。一泊だ」

「はぁい！　急いで支度しないと！」

おやすみなさい！

早口で挨拶して、振り返りもせずにダッシュで旦那様の部屋を出た。さあ、何を持っていこう？

旅行の準備、心が躍る～！

◇

翌朝。

まだ暗いうちに起床して、軽く朝食を取ったらすぐに出発した。今は旦那様と二人、カタカタと馬車に揺られている。

車窓から見える景色がだんだんと明るくなってきて、私は窓に張り付いて歓声を上げた。

「やったぁ！　今日はお天気良さそうですよ！」

昨夜からテンション上がりっぱなしである。だって前世から含め、物心ついてから初の旅行……！

今世の孤児院時代では、皆で何度か遠出したことはあるものの、いずれも日帰りのピクニックばかり。お泊りは正真正銘今回が初めてである。

「あああ、楽しみー！　湖も綺麗でしょう……ねぇぇ……」

言葉の途中で、くあぁと大きなあくびが出た。

昨夜は準備に時間がかかったし、わくわくしすぎてほとんど眠れなかったのだ。加えてカタコト揺れる馬車のリズムが心地よくて、どんどんまぶたが重くなる。

目を擦《こす》る私に、旦那様は静かな眼差しを向けた。

「寝ていて構わない。着いたら起こす」

「それじゃあ……そ…します……」

しゃべっている途中でコトンと意識がなくなった。

だって。

到着したら、全力で……遊びたい……。

…………

…………

…………い……ぞ……

声が聞こえた気がして、ふわふわとまどろんでいた意識が少しずつ浮上する。

「着いたぞ」

今度ははっきりと聞こえた。ぼんやりと薄目を開ける。

「……ふあぁ……。了解、で……すうぅっ!?」

覚醒した瞬間、素っ頓狂な叫び声を上げてしまった。

なんと……なんと私は、旦那様にもたれかかって眠っていたのだ……!

きっと思いっきり体重をかけまくっていたに違いない。まさかヨダレは垂らしてないよね!?

慌ててしゃんと背筋を伸ばし、あまりの申し訳なさに眉を下げた。

「ご、ごめんなさいっ。重かったですよね?」

「いや」

短い返答が信じられず、私はぶんぶんと首を横に振った。

「絶対ウソですー! 寝てる人って重いもん! 私だって、何度も寄りかかられたことあるから知ってますっ」

その瞬間急激に温度が下がる。

……ありゃ？　またですか？

「……誰からだ」

おどろおどろしい低い声に、ビクリと肩が跳ねた。だ、誰からって……。

底冷えする目で私を見ている旦那様を、怖々と見返した。ごくりと唾を飲み込み、カクカクと口を開く。

「こ、孤児院の子供達《たち》。あと、ローズ」

すっと温度が上昇した。

寒さと突然の意味不明な怒りで完全に目が覚めてしまった。

差し出された旦那様の手を取って、よろよろと馬車から降りる。気持ちの良い風に吹かれながら、そっと目を閉じ己の胸に手を当てた。

……旦那様の、クーラーポイントを学習しよう。

だって体だけじゃなく、肝まで冷えてしまうもんね……？

これを新たなる課題とすることを、深く心に刻みつける私であった――

「――すごいっ、可愛《かわい》い！　オレンジ色の屋根だぁ！」

その建物が目に入った瞬間、思わず歓声を上げて駆け出した。さっきまで感じていた疲れがいっぺんに飛んでいく。

王族の別荘と聞いていたから、もっと豪華で大きな屋敷を想像していたけれど。

目の前にあるのは、木の温《ぬく》もりが感じられる素朴なログハウスだった。こぢんまりしていて居心地が良さそうで、煙突付きの三角屋根も愛らしい。

「見た目ほど中は狭くない。……俺も来るのは久方ぶりだが」

後方からぼそりと告げられ、笑顔で旦那様を振り返った。

「私なんかには充分広いです！　もう入ってもいいんですか？」

「ああ」

はしゃぎながら足を踏み出したところで、ログハウスの中から夫婦らしき年配の男女が飛び出してきた。二人とも顔を強ばらせており、体も小刻みに震えている。……あっちゃあ。

「かかかか閣下」

「よよよようこそ」

頑張ってー！

心の中でエールを送っていると、二人から縋《すが》るような目で見られた。慌てて前に進み出て、ペコリとお辞儀をする。

「はじめまして、ミアっていいます！　えっと、今日から一泊お世話になります！」

「ああ……。はじめまして。管理人を務めております、ホワイトと申します」

旦那さんの方がほっとしたように頬を緩めた。奥さんもぎこちなく微笑む。

「こちらに常駐しているのは私共だけですから、行き届かないこともあるかと思いますが……」

「構わん。入らせてもらうぞ」

氷の旦那様の言葉にホワイト夫妻は「ひゃいっ」と返事をして、ぎくしゃくと私達をログハウスの中に案内してくれた。

……うぅん、怖がられてるなー。

隣を歩く旦那様をちらりと見上げる。

こんな風に無闇やたらと恐れられても、腫れ物に触るように扱われても。旦那様はいつだって、平常運転な無表情。

(……でも、本当はどう思ってるんだろ……)

私だったら、きっと傷つく。

旦那様は……悲しくないのかな。

なんとなく胸苦しい気持ちになって、そっと旦那様の腕に触れる。その瞬間彼はビクリと肩を揺らし、驚いたような顔で私を振り返った。どうやら彼の表情筋を動かすことに成功したらしい。

にぱっと笑って旦那様を見上げる。

「荷物を置いたら、湖のほとりを散歩しませんかっ」

「……ああ」

ふっと眉間の皺をやわらげた旦那様に、私も嬉しくなって彼の腕を引っ張った。

クーラーポイントを知りたいのはもちろんだけれど。

——それ以上に。

感情のわかりにくい彼が、何を感じているのか知りたかった。


「はぁ……。綺麗～……」

大きな湖は、まるで鏡のように周囲の風景を映し出していた。ずんずん先に行こうとする旦那様を引き止めて、湖の表面を流れる雲を二人で飽きることなく眺める。

ぐっと身を乗り出して覗《のぞ》いてみると、湖の中にはちらほらと魚影も見えた。……食べられるのかな？

ぐいぐいと旦那様の服の裾を引いてみる。

「釣りとかしてみます!?」

「魚は嫌いだ」

にべもなく断られた。ええ～。

むくれつつも、いい機会なのでリサーチしてみることにした。再び湖のほとりを歩きながら、隣の旦那様を期待を込めて見上げる。気分は完全に取材記者だ。

「旦那様は、魚より肉派なんですか？」

「そもそも食に興味が無い」

おおう。一瞬にしてインタビュー終了。

——じゃなくて、なんですとぅっ!?

私は食に興味ありまくりな人間である。特に今世では健康を謳歌《おうか》して、アイスのちょっと怪しげなフレーバーにまで手を出していた。……新味の開発好きな、アイス屋のお姉さんは元気かなぁ？

「……お前が好きなのは。ミルクジャムだろう」

ためらいがちな旦那様の言葉に、パチクリと目を瞬かせる。

「確かに、ミルクジャムも美味しくて感動しましたけど。それだけじゃあないですよ？　お肉もお魚も好きだしー、甘いもの全般大好き！」

「……そうか」

「パンも好きだし、果物も好き！　美味しいものを食べてる時が一番幸せ～。旦那様は？」

軽い問いかけのつもりだったのに、旦那様はなぜか言葉を詰まらせた。じっと私を見つめる。

「……俺は……」

早歩きだった歩調がだんだんとゆっくりになり、やがて歩みを止めてしまった。昏《くら》い目で地面を眺め、吐き捨てるように言う。

「何が幸せだとか、好きだとか。今まで特に、考えた事は無い」

「……そっかぁ」

もしかしたら、好きなものが無いから、悲しかったり傷ついたりも無いのかな。

――それはそれで、楽なのかもしれない。

何が良いとか悪いとか、正しいとか間違っているとか。正解なんて無いのだろうし、私にそれを決めることなんてできないけれど。

(……でも)

そっと手を伸ばし、立ち尽くしている旦那様の手を取った。

「それなら、これから一緒に探してみませんか？　こんなふうに二人で出掛けたり、美味しいものを食べたり、いろんなことをいっぱい楽しんで。そうしたら――」

握った手に力を込めて、ぶんぶんと上下に振り回す。

「そうしたらその中に、旦那様の好きになるものがあるかもしれないから。……って、別に美味しいもの目当ての下心で言ってるわけではなくてですねっ？」

わたわたと言い募ると、それまで黙りこくっていた旦那様が静かに頷いた。

「……ああ」

瞳から昏さが消えていく。指を絡めるようにして手を握り返され、なぜだか一気に頬が熱くなった。

挙動不審に目を泳がせている私を、旦那様が穏やかな瞳で見つめた。何か言おうとするように、ゆっくりと口を開き――

ぎゅるぎゅるぎゅるぎゅるっ！

その瞬間、とてつもなく盛大に私のお腹《なか》が鳴った。……え、今？

「……戻るか」

優しく腕を引かれ、真っ赤になりながらコクコクと頷く。

……言い訳させていただくならば。

「朝ごはん、早かったから〜！」

「そうだな」

なんとなく楽しげな口調で返され、つられて私もくくっと笑ってしまった。繋《つな》いだ手は放さずに、大きく腕を振って歩く。

来た道を戻り、別荘の近くまで辿《たど》り着いたところでそれに気付いた。

「ありゃ？……馬車？」

私達が乗って来たのより、少し大きめの馬車が停《と》まっていた。

こげ茶色の馬車は一見地味に見えるものの、金の縁取りが豪華で、表面には繊細な細工もほどこされている。なんともお高そうだと感心していると、御者さんが私達に気付いてぎょっとした顔をした。

「——どうしました？　到着したのでしょう？」

馬車の中から涼やかな声が聞こえ、スカートをなびかせた女の人が軽い足取りで降りてきた。

プラチナブロンドの髪をふんわり結った、抜けるように色の白い美人さんだ。思わず見惚《みと》れていると、彼女は「あらまぁ」と口に手を当てて私達を見た。

「どうしたの、エマ？」

今度は小柄な女の子が出て来る。

小さな体に不釣り合いな、大きな大きな帽子を被《かぶ》っている。馬車から降りた瞬間、くるりと私達の方を向き——

ピクリと口元を引きつらせた。その視線は旦那様に釘付《くぎづ》けだ。

「……キ」

「き？」

首を傾げて彼女の台詞を繰り返すと、彼女はすうっと深く息を吸い込んだ。

「――キャアアアアアアアッ!?」


別荘に戻ると、再び顔面蒼白《そうはく》となったホワイト夫妻が出迎えてくれた。

ぎくしゃくと首を動かして、旦那様と帽子の女の子とを見比べる。

「ひ、姫様っ？」

あ、やっぱり。

身なりが良いし、何よりここは王族の別荘だもんね。

人生で初めて会うお姫様をよく見たいのだけれど、大きな帽子に隠されて彼女の表情は窺《うかが》えない。

残念に思っていると、お姫様が進み出て優雅に会釈した。

「……ごきげんよう。またお邪魔しに、参りましたの……」

どんよりと暗い声ながら、しっかりと挨拶する。うぅん、小さいのに立派だなぁ。

感心して眺めている私を無言で引っ張って、旦那様はまっすぐ別荘に入ろうとする。私は慌てて足を踏ん張った。

「待って待って旦那様！」

旦那様は怪訝《けげん》そうに振り返り、意外とあっさり足を止めてくれた。ほっとしてホワイト夫妻に向き直る。

「ただいま戻りました！……あのぅ、厨房《ちゅうぼう》をお借りしてもいいですか？」

お姫様がどうしてここに、とか聞きたいことはいろいろあるものの。

何よりもまず、空腹が限界です。

己の欲望に忠実な私にドン引きしたのか、ホワイト夫妻とお姫様はあんぐりと口を開けた。色白美人さんだけが面白そうに目を瞬かせる。

「……お前が作るのか」

旦那様からぼそりと問いかけられ、私はてへへと頭を掻《か》いた。

「はいっ。普段はほとんど料理しないんですけどね。でも、ローズから『独創的な味ね』って褒められたこともあるんですよー」

「…………」

旦那様が思いっきり眉をひそめる。……どうしました？

「あ、あの奥様。昼食でしたら、私がご用意いたしますので……」

おずおずと口を挟むホワイト夫人に、笑ってかぶりを振った。

ありがたい申し出だけれど、ここは緑の美しい別荘地。ならば、やるべきことはただひとつ！

「せっかくだから外で食べたいなぁと思って。パンとかチーズとかハムとか分けてもらえたら、適当に切って持って行きますから」

なぜかお姫様がピクリと反応した。

肩を震わせ、「外で、食べる……？」と小さく呟く。その様子に首を傾げ、はたと思い至って手を打った。

「あっ！　良かったら、お姫様達もご一緒にどうですか？　外で食べるごはんは美味しいですよっ」

にこにこ笑いながら腰を屈《かが》め、お姫様の顔を覗き込む。彼女は息を呑《の》んで私を見返し、カタカタと激しく震え出した。

「……でも……でも……っ」

目線を合わせたことで、ようやくお姫様の顔がはっきり見える。

ふわふわとカールした蜂蜜《はちみつ》色の髪に、美しい碧眼《へきがん》の瞳。笑ってくれたらすごく可愛いに違いないのに、今はその大きな瞳を不安げに揺らしている。

今にも涙がこぼれそうなその様子を見て、やっと私は自分の浅はかさに気が付いた。いけないいけない、相手はやんごとなき身分のおかたでしたっ。

慌てて姿勢を正し、勢いよく頭を下げる。

「ご、ごめんなさいっ。私ってば失礼なこと――」

「違うのっ！　わたしは……っ」

お姫様は叫ぶように言った途端、はっと口を押さえた。指の隙間から、ふえ、と声があふれ出す。

両目からはぼろぼろと涙をこぼれさせた。

「……う、わあああああんっ!!」

えええええーっ!?

私、また何かやっちゃいましたぁ――――っ!?

◇

「ひっく……。ごめん、なさい……」

「いえいえ、こちらこそっ。――はい、こちらミルクジャムをたっぷり塗ってみましたぁっ！　こっちはハムとチーズ！　安定の美味しさですよっ」

ホワイト夫人が青くなりながらバスケットに詰めてくれた、ピクニック料理一式。

ジャムや具材が色々あるので、組み合わせは無限大だ。その他にも果物や瓶詰めのピクルス、オレンジジュースにぶどう酒もある。……私はお酒は駄目かな、やっぱり？

別荘から少しだけ離れた木陰に腰を下ろし、やっと涙の止まったお姫様の世話を焼く。木に寄りかかって座る旦那様も、じっとお姫様を見つめていた。

「良かったですわね、姫様。甘いもの、お好きですものね？」

プラチナブロンドの色白美人さんが、おっとりと微笑む。

そういえば、まだきちんと挨拶できていない。私はペコリと二人に頭を下げた。

「あの、私はミアっていいます。で、こちらが旦那様の――」

「……シリル叔父様」

お姫様が硬い表情で、呟くように言う。

しまった。叔父さんなんだから、旦那様の紹介は必要なかったよね。

眉を下げる私を、お姫様が潤んだ瞳で見つめる。

「わたし……わたくし……アビゲイル、と申します。それから、こちらが……」

お姫様の視線を受けて、色白美人さんがふんわりと微笑んだ。

「わたくしは姫様の側仕《そばづか》えを務めております、エマ・ライリーと申します。どうぞお見知りおきくださいませ」

うぅん。ひと目見たときから思っていたけれど――

（エマさん、綺麗～！）

同性でもうっとりしてしまうくらいの美女である。雰囲気も上品というか、優雅というか。

だらしなく笑み崩れる私とは対照的に、どんより暗い表情のお姫様がパンを受け取る。大きな帽子をさらに目深に被り、俯《うつむ》くようにして口に運んだ。

「……お姫様？　良かったら、帽子は取りませんか？」

食べにくいだろうと思って声をかけたのだが、彼女は激しく首を横に振った。スカートの上に、またもポタポタと涙が落ちる。わわっ!?

「駄目、なの……。日に、焼けてしまうから。またバカにされちゃうもの……っ。お父様からも叱られるしっ」

「ええっ!?」

慌ててエマさんに目をやると、エマさんは相変わらずふんわりと微笑んでいた。人差し指を頬に当て、可愛らしく小首を傾げる。

「姫様は幼いころ、気管支が弱くていらっしゃいましたの。それで、お母上である王妃様の生国――ルーナ公国で長いこと療養されていたのですわ」

「ルーナ公国……」

って、確か隣国？

助けを求めて旦那様を振り返ると、旦那様は淡々と口を開いた。

「ルーナ公国は緑の楽園と名高い、自然に恵まれた平和な国だ。領土は狭いが農耕と酪農が盛んで、食料自給率が高い」

すごーい、旦那様ってば生き字引！

そしてなんて美味しそうな国でしょう！

目を輝かせる私に、お姫様は涙をぬぐって嬉しそうにはにかんだ。

「すごく、いいところなの……。空気がきれいで、みんな仲がよくて……」

「ルーナ公国はおおらかなお国柄なんですの。身分関係なく交流しますし、特に子供などは、貴族であろうと泥だらけになって平民と遊んでおりますわね」

エマさんがお姫様の言葉を引き取って説明してくれる。

私は思わず旦那様と顔を見合わせた。

……お姫様の苦悩の理由がわかった気がする。

「えぇっと。この国だと、そんなことできない……ですよね？」

困り顔で同意を求めると、旦那様は無表情に頷いた。

「無理だな。異端扱いされるだろう」

旦那様の言葉にお姫様は顔を歪《ゆが》ませる。俯く彼女の背中を優しく撫《な》でて、エマさんがにっこりと微笑んだ。

「ええ、そうなんですの。三ヶ月前に帰国して以来、姫様は貴族の生ゴミ息女共に嘲笑されておりますのよ」

「………………」

なんか、今。

お上品なエマさんの口から、とんでもない単語が飛び出してきたような……。いやいやきっと、聞き間違いに違いない。

そこはかとない違和感に蓋をして、ひとまずは昼食を済ませることにする。各自好みの具材をパンに挟み、黙々と平らげることに集中した。

食に興味がない旦那様の分は、僭越《せんえつ》ながら私が作らせてもらうことにした。カリカリベーコンに蜂蜜をかけたパンを手渡した時は、なぜか凍りついたように動きを止めていたけれど。

「……はっ！　しまったぁ！　そういえば旦那様って、甘いもの苦手でしたっけ！」

思い出した頃には時すでに遅しで、苦悶《くもん》の表情を浮かべた旦那様が最後のひと口をごくりと飲み込むところだった。顔をしかめながら、即座にぶどう酒で流し込んでいる。

「言ってくださいよー！　そしたら私が食べたのにっ」

八つ当たり気味に旦那様の腕を揺さぶると、「苦手なものなど無い」とふいと顔を背けられた。嘘《うそ》だぁ、見栄《みえ》だぁ！　魚嫌いだって言ってたし！

むうっと口を尖《とが》らせかけた私は、はたと思い付いて瓶詰めピクルスを手に取る。澄まし顔で旦那様に差し出した。

「なら、ピクルスもどうぞ～。酸っぱいのも平気なんですよね？」

「…………」

えへへ。

さっきからピクルスの瓶をさり気なく押しやってるの、私ちゃんと気付いてましたよ？　でも、お酢は身体《からだ》に良いんですから！

「……もう、満腹だ」

期待を込めて見つめる私から視線を外し、旦那様はぼそりと呟く。両腕をしっかり組んだのは、絶対に食わんぞという固い意志の表れか。

「あっ、逃げた！」

「別に逃げていない」

わいわい言い合う私達の向かい側で、お姫様とエマさんは一言も発していない。もしやうるさかったかと、慌てて二人に頭を下げた。

「ご、ごめんなさいっ。私ってば不作法……で……？」

語尾が疑問形になってしまった。

お姫様は目をまんまるに見開いているし、エマさんも口元に手を当てて「あらまぁ」と言いたげなポーズで固まっている。……もしもーし？

怪訝に思って見返すと、お姫様がはっとしたように居住まいを正した。

「……あ、その。えぇと、あなたは……ミア、叔母様は……」

おーばーさーまーっ!?

あっ、そっか！　旦那様が叔父さんなんだから、私は叔母さんで正解かっ？

衝撃を受けて仰《の》け反《ぞ》る私を見て、エマさんが軽やかな笑い声を上げる。

「姫様。ミア様はまだお若いのですから、『ミア姉様』でよろしいかと存じますわ」

「う、うん……。それでは、ミア、姉様……？」

頬を染めた上目遣いに、私のハートはずっきゅんと撃ち抜かれた。

「はいっ、なんでしょうお姫様っ!?」

大きく身を乗り出し、お姫様の手をがしっと握る。今度はお姫様が仰け反った。

旦那様が後ろから私の肩を摑み、そっと後ろに引き戻してくれる。アラすみません、ワタクシ前に出すぎてました？

お姫様はコクリと唾を飲み込み、決心したように帽子のつばを上げた。

「あ、あのその……。わたしのことは、お姫様じゃなくて、アビーって呼んでほしいです」

「わっかりました、アビーちゃん！」

即座に力強く了承すると、お姫様……アビーちゃんは可愛らしくはにかんだ。胸に手を当て、言葉を探すようにゆっくりとしゃべりだす。

「ミア姉様は……平民とうかがっています。その、嫌がらせとか、されてない……？」

「いいえ、全然。そもそも貴族のかたと交流してないですから」

ねえ旦那様！

笑いながら同意を求めると、旦那様は無言で頷いた。アビーちゃんは小さく深呼吸して、囁《ささや》くように続ける。

「わたしは……お父様が選んだ子達が、一緒に遊んでくれるんだけど……。色が黒いとか、言葉遣いが平民みたいだとか、クスクス笑われてばかりで」

「えええっ!?　アビーちゃんで黒かったら、私なんかどうなっちゃうのっ？」

アビーちゃんは確かに白くはないけれど、子供らしく健康的でいいと思う。驚愕《きょうがく》する私を見て、エマさんがにっこりと微笑んだ。

「姫様もミア様も色白でいらっしゃいますわよ」

……エマさんこそ、誰より色白ですよ？

苦笑いする私をよそに、アビーちゃんが鼻をすすり、ごしごしと目元を擦る。

「お父様も、言葉遣いと立ち居振る舞いを直しなさいって。あの、怖いお顔で叱りつけるの……。わたし、いつも泣いちゃうの」

「ああ～……。なんか、それは聞いた覚えが……」

思わず目を泳がせる。

王様にその気がなくても、あの顔で注意されたら、そりゃあねぇ……？

「お母様はお優しいけど、お兄様もわたしとほとんどしゃべってくれないし……。わたし、ルーナ公国に帰りたい……」

「――それで、この別荘に逃げてきたわけか」

それまで黙っていた旦那様が、冷たい声音で言い放つ。アビーちゃんがビクリと肩を震わせた。

「言いたい奴《やつ》らには言わせておけ。いちいち乱されるな」

旦那様の言葉に、アビーちゃんはこぼれんばかりに目を見開く。その瞳から大粒の涙が落ちるのを見て、私は勢いよく立ち上がった。真ん中に置いている料理を避けて、アビーちゃんの隣に腰を下ろす。

「よしよし、泣かない泣かない」

ぎゅっと彼女を抱き締め、背中をぽんぽん叩《たた》く。アビーちゃんは小さく泣き声を上げて、必死にしがみついてきた。

私は唇を尖らせて旦那様を睨《にら》む。

「旦那様、今の言い方はないと思いますっ」

「甘やかすだけでは、貴族の馬鹿共には勝てん」

吐き捨てるように返され、私はきょとんと目を丸くした。えぇと、つまり……？

「ああ、なんだぁ！　助言してあげようとしたんですねっ。なら、もう一度お願いします！」

わくわくと見つめると、旦那様はしばし黙り込んだ。眉間の皺をぐっと深くして、今度は考えるように話し出す。

「……お前がそうやって泣いたところで。単に馬鹿共を喜ばせるだけだ。強くなれ。受け流せ。なんなら凍らせろ」

最後の一言に、旦那様以外の全員がだあっと崩れ落ちた。や、それ犯罪でしょう！

……でも、それ以外は良い手かもしれない。

私はよろよろと体勢を立て直すと、アビーちゃんからそっと離れる。

「アビーちゃん。実は、私は魔力ゼロなんです」

秘密めかして囁くと、彼女は茫然《ぼうぜん》と動きを止めた。いつの間にか涙も止まっている。

「オマケに孤児院育ちなんです。子供の頃は、親がいないだの、魔力がないだの、毎日馬鹿にされまくってましたよー」

てへへと笑う私の後ろで、ユラリと怒気が立ち昇った——ような気がする。……ん？

恐る恐る振り返ると、旦那様が思いっきり不愉快そうに眉根を寄せていた。眦《まなじり》も吊《つ》り上がってるし……うん、怖いね……？

「だ、旦那様？　これ、子供の頃の話ですからっ」

「わかっている」

ものすごく低い声で返された。

ほっと安堵《あんど》の息を吐いたのも束《つか》の間《ま》、旦那様は「だが」と呻《うめ》くように続ける。

「今後、もしも余計な事を言ってくる輩《やから》が居たら。すぐ俺に知らせろ」

「…………」

知らせて……その後、一体どうする気です？

まさか、凍らせるつもりじゃありませんよね……？

◇

「――では、いきますよーっ。準備はいいですかぁ!?」

昼食を終えて戻った、別荘のリビングにて。

旦那様は二階に上がってしまったので、リビングにいるのは私とアビーちゃんとエマさんの三人だけだ。

腕まくりして呼びかける私に、アビーちゃんは緊張の面持ちで頷く。私は精一杯憎々しげに唇を尖らせた。

「あぁら、姫様！　ズイブン日に焼けていらっしゃいますのねぇ～」

「え、ええそうですわ！　わわわたくし日に当たるのが大好きですのっ」

声を震わせながらも、胸を張って答えるアビーちゃん。

さぁさ、まだまだ続けますよっ。

「お姫様なのに平民と遊ぶなんて、信じられなぁい」

「お、お友達になるのに身分は関係ありませんわっ」

「姫様ってば髪がふわふわ～」

「う、生まれつきですのっ」

「目が大きいわぁ～。睫毛《まつげ》も長いし～」

「あ、ありがとうございますっ」

エマさんがパンパンと手を叩き、「そこまで！」と叫んだ。呆《あき》れたような視線を私に向ける。

「ミア様。途中から褒めちぎっておりましたわよ？」

……ありゃ？

頭を掻く私に、エマさんがふぅとため息をついた。

「ミア様に悪役は無理そうですわねぇ……。かと言って、わたくしに姫様を貶《おとし》める役なんてできませんし」

困り果てた私達は無言で顔を見合わせる。

私もエマさんも無理となると、候補者はあと一人しかいない。勢いよくハイッと手を挙げた。

「旦那様にお願いしましょうっ」

「却下ですわ。姫様が再起不能になります」

うぅん、やっぱり駄目かぁ。

「……そうなると。残りの選択肢は『凍らせる』し、か……」

「ど、どうしたの姉様？」

言葉を止めて黙り込んだ私に、アビーちゃんは怯《おび》えたように肩を震わせる。エマさんがおっとりと微笑んで手を打った。

「――ああ、なるほど。生ゴミ貴族だけに、いっそ凍らせてしまえと？　そうですわね、このままでは腐っていくだけですものね」

「違いますぅっ！　そうじゃなくってぇ!!」

恐ろしい解釈をするエマさんにぶったまげ、腕をぶんぶん振り回して否定する。淑女然とした笑顔で何てことを言うんだ、この人は……。

「あら、違いますの？　さすがは氷の魔法士団長の奥方様と思いましたのに」

「もおぉっ！　うちの旦那様だって、人を凍らせたりはしませんよっ？」

強制クーラーは発動するけども！

胸の中でこっそり付け加え、改めて二人に説明する。

「旦那様との約束を思い出したんですっ。氷の元素魔法を見せてくれるって」

私の言葉に、二人は対照的な反応を示した。

エマさんは爛々《らんらん》と瞳を輝かせ、アビーちゃんは息を呑んで後ずさる。私は慌ててアビーちゃんに視線を合わせた。

「大丈夫、怖くないです！　前に少しだけ見たことあるんですけど、雪の結晶がすごく綺麗でしたからっ。――私、旦那様を呼んできます！」

二人の返事を待たず、くるりと背を向けて二階に駆け上がる。

部屋に突撃して事情を説明する間、旦那様は眉根を寄せて黙りこくっていた。私が口を閉じた途端、むっつりとかぶりを振る。

「……元素魔法というのは、攻撃に特化した危険な代物《しろもの》だ。お前一人だけならばともかく、本来は人に見せびらかすようなものじゃない」

「そこをなんとか！　お願いします旦那様っ。意地悪練習は行き詰まっちゃったし、アビーちゃんに気分転換して欲しいんですー！」

諦めずに懇願すると、旦那様は小さくため息をついた。今回だけだぞ、という念押しと共に、渋々ながらも了承してくれる。私は大喜びで彼の手を取った。

「わぁ、ありがとうございますっ。アビーちゃんもきっと喜びます！」

握った手をぶんぶん振り回しながらお礼を言うと、旦那様はふいと視線を逸《そ》らしてしまった。

……あれ、もしや照れてます？

きっと本心では可愛い姪っ子が心配なのだろう。やっぱり優しいひとなのだ。

こっそり笑いながら、アビーちゃん達の下へ戻るべく彼の腕を引っ張った。


「――俺がいいと言うまで、全員その場から動くなよ」

「はーいっ」

「わかりましたわ」

「……はぃ……」

無表情に指示を出す旦那様に、私とエマさんは元気よく、アビーちゃんは囁くように返事をする。

旦那様はひとつ頷いて私達に背を向けた。湖に向かってその手を伸ばす。

指先がぼんやり青く揺らめいたと思った瞬間、手の平から眩《まぶ》しいほどの光が放たれた。光は一直線に湖の上を走り、その軌跡上があっという間に凍りついていく。

大きな湖なので向こう岸には届いていないが、それでもかなりの長距離が凍ってしまった。

「……っ。すごい、すごい！」

歓声を上げる私に、「もう動いて構わない」と旦那様が無愛想に告げる。

私が動くより早く、アビーちゃんが弾《はじ》かれたように駆け出した。大きく身を乗り出して、凍りついた湖に恐る恐る手を伸ばす。

「冷た……っ。すごく、綺麗だった……！」

「――信じられませんわ。これほどの魔法を、こんなにもあっさりと……！」

アビーちゃんの後ろに立ったエマさんも、感嘆したように呟いた。旦那様が褒められたのが嬉しくて、私はだらしなく笑み崩れる。

「そうなんです、旦那様はすごいんです！　ね、旦那様っ？」

はしゃぎながら胸を張ると、旦那様は無言で目を細めた。あっ、また照れてるー！

「これ、上を歩いてみてもいいんですかっ？」

頬を上気させて旦那様を振り返るアビーちゃんに、エマさんがきっぱりと首を横に振った。

「いけませんわ、姫様。氷が解けて湖に落ちたら危険ですし、何より滑りますもの」

アビーちゃんだけでなく、私もがっくりと肩を落とす。氷の道……歩いてみたかったなぁ……。

旦那様は私達から距離を取ると、軽く手を振ってキラキラした粒子を出現させた。

おそらく以前見た魔法と同じものだろう。前に見た時より数は少ないけれど、大きな雪の結晶に見覚えがある。

旦那様は空中に浮かぶ粒子から離れ、地面から小石をいくつか拾い上げた。私とアビーちゃんに手渡す。

「投げてみろ」

「……？　了解ですっ」

えいっと投げると、粒子に命中した小石が一瞬にして凍りついて地面に落ちた。私達はわっと歓声を上げる。

それからは夢中になって、アビーちゃんと二人で全ての粒子に小石を当てた。命中するたび、エマさんが称《たた》えるように拍手してくれる。

アビーちゃんは凍りついた石を拾い上げ、きゃっと楽しそうな悲鳴を上げた。

「冷たぁ……！　すごい。魔法って、楽しいです……！」

「楽しいだけじゃない。危険だし、扱いも難しい。……だが」

旦那様は無表情にアビーちゃんを見下ろす。アビーちゃんも緊張したように背筋を伸ばした。

「──だが、興味を持ったなら学べばいい。元素魔法に限らず、己が知りたいと思った全ての事を。そうすれば、貴族の馬鹿共の雑音など気にならない」

「は、はいっ」

平坦《へいたん》な声音ながら、内容には優しさが感じられる。

アビーちゃんにもそれがわかったのだろう、強ばっていた顔が緩み、花が咲いたように微笑んだ。

私まで嬉しくなって、アビーちゃんの側に屈み込む。

「よかったね、アビーちゃんっ。これから困ったことがあったら、叔父さんに相談するといいよ！

もちろん私にもっ」

「はいっ！」

二人でほのぼのと笑い合う。

湖上の氷が解けて、ぱしゃりと音を立てるのが聞こえた。

◇

翌日、別荘からの帰途。

馬車に揺られながら、隣に座る旦那様を笑顔で見上げた。

「よかったですね、旦那様っ。アビーちゃんが元気になって！」

昨夜は遅くまで女三人でおしゃべりしたり、カードゲームに興じたり。

アビーちゃんは楽しそうな笑い声を上げていた。きっと、あの明るさが本来の彼女の姿なのだろう。

旦那様はひとり、私達から離れたソファで眉間に皺を寄せて読書をしていた。怒っているのかと心配になり覗きに行ったら、私には難解すぎる本だったので、思わず私までしかめっ面になってしまった。完全にフリーズしていると、旦那様からペンと優しく額をはじかれた。……誤作動起こしてると思われたのかも。

今朝はアビーちゃん達が寝ている間に、また旦那様と二人で湖のほとりを散歩した。きらきら輝く湖は綺麗だし、旦那様は私に歩調を合わせてくれるし、また元素魔法を見せてくれるし。嬉しくて楽しくて私はニヤニヤしどおしだった。

「……はあぁ。楽しかったなぁ。また行きたい……」

ほうっと大満足のため息をつく私に、旦那様が静かな視線を向ける。

「いつでも構わない。……俺が一緒ならな」

「はいっ。もちろん！」

アビーちゃんもあの自然あふれる別荘を気に入っているそうなので、誘い合わせて行ってみてもいいかもしれない。想像するだけで楽しくて、また私はへらりと笑う。

旦那様はそんな私をじっと眺め、ためらうように口を開いた。

「……あの別荘は。先代の国王が、俺の母のために建てたものだ。平民出身の母が息抜きできるよう、ああいう簡素な造りにしたらしい」

旦那様のお母さん、私と同じ平民だったんだ……。

それにそれに、と私は旦那様を見上げた。

「先代の国王様って……旦那様のお父さん、ですよね？」

「ああ。在位中は平民に変装して町をうろつく、型破りな王だった」

部下泣かせとも言うな、と旦那様が眉をひそめて呟く。

そんな王様がいるのかと、おかしくなって噴き出した。くすくす笑う私を見て、旦那様もふっと表情をやわらげる。

「――退位後は、爵位を受けて南部の方で悠々自適に暮らしている……らしい。俺の母も一緒だが、しばらく会ってはいない」

私は目を瞬かせた。

衝撃の事実に気が付いて、背中を冷や汗が流れる。

「あの、旦那様……？　そういえば、私、ご両親に挨拶してません……」

自分に両親がいないものだからすっかり失念していたが、挨拶もなしに結婚するのは非常識ではなかろうか。

動揺する私に、旦那様は小さくかぶりを振った。

「必要無い。あの二人は変わり者だし、気にしてすらいないだろう」

「や、駄目ですよっ。私、せめてお手紙書きます！」

旦那様を揺さぶると、彼はさも嫌そうに黙り込んだ。重いため息をつく。

「……なら、俺が書く」

よかったぁー！

「――ふうぅん？　良かったわねぇ～。楽しかったみたいでさぁ」

テーブルに頬杖をつき、ヴィンスさんが拗《す》ねたように鼻を鳴らす。

思わず旦那様の表情を窺うが、旦那様は淡々と食後のお茶を口に運んでいるだけだった。

――別荘から屋敷へと戻ったその夜。

一息つく間もなく、仕事帰りのヴィンスさんが訪ねてきたのだ。夕食を取りながら別荘での出来事を熱く語るうち、ヴィンスさんの機嫌がみるみる急降下してしまった。

食事中にやかましかったかなぁ、と反省して眉を下げる私に、旦那様が面倒臭そうにかぶりを振った。

「放っておけ。単に自分も行きたかっただけだろう」

「なっ、違うわよ！　近場すぎるし安上がりすぎるけど、アンタ達の新婚旅行みたいなものだもの。アタシ邪魔なんかしないわよッ！」

眉を吊り上げてわめき出すヴィンスさんを、慌てて手を振って宥《なだ》めにかかる。

「そうですよね、ヴィンスさんは思いやりがあるからっ」

私の言葉に「そぉよッ！」と鼻息荒く同意した後、彼は憤りを隠せないようにテーブルを叩きつけた。

「それなのにっ王女殿下と側仕えの美女が合流したですってぇ!?　それならアタシだって行きたかったぁ！　目の保養がしたかったぁ！」

結局行きたかったんじゃんっ⁉

思わず苦笑いしてしまう。

「なら、次は一緒に行きましょ！　旦那様ともまた行こうって話してたんですよ。ねっ、旦那様！」

「……そうだな」

旦那様が軽く目を細めて同意してくれる。

なんだか嬉しくなって、へらりと彼に笑い返した。ほんわか幸せを感じていると、「ちっがぁぁぁう！」というヴィンスさんの怒声が轟《とどろ》き渡った。

「アタシはそこに王女殿下と美女も足して欲しいのっ！　むしろ必要不可欠なのっ！　アタシだって『元素魔法すごーい、ヴィンス様天才ー！』って、チヤホヤされたいのよぉぉぉぉッ!!」

「…………」

欲望の主張が激しすぎる。

だが、ヴィンスさんにはお世話になっている。

仕方ない、期待に応えてあげようではないか！

私は胸の前で手を組んで、目を潤ませてヴィンスさんを見つめた。ぷりっと小首を傾げてみせる。

「ヴィンス様、すごぉいっ！　ステキ、格好良い、大天才～!!……さっ、旦那様もご一緒に！」

張り切って促すと、旦那様は胡乱《うろん》な表情で私とヴィンスさんを見比べた。すうっと目線を鋭くして、瞬きもせずヴィンスさんを見据える。

「……他の追随《ついずい》を許さない、稀代《きだい》の奇人変人ぶり」

ぼそりと呟いた旦那様の言葉に、私とヴィンスさんはテーブルに頭を打ちつけた。

おでこ痛……じゃなくて！

「旦那様っ。今の褒めてないです！」

「他より抜きん出ている事、それ自体が称賛に値する」

「何を真顔で心にもないこと言ってんのよ、シリルッ！」

顔を赤くしてわめくヴィンスさんを無視して、旦那様はまたひとくちお茶を飲んだ。

ヴィンスさんがピクピクと口元を引きつらせる。

「アンタねぇ……。人がわざわざ伝言を運んできてやったというのに！」

「伝言？」

きょとんとする私を、ヴィンスさんは忌々しそうに見やる。

「フン、アンタの仕事の話よ。――今日、ジーンが魔法士団を訪ねてきたの」

旦那様へと視線を戻し、ぶすりと吐き捨てた。

「何と言っていた」

「引き受けてくれるって。なるべく早くお願いしたいって言ってたわよ」

旦那様は軽く頷くと、話についていけていない私を静かに見つめた。

「俺の学生時代の友人で、王立学院の教師をしている奴がいる。仕事というのは、そいつの研究室の掃除だ」

「アタシの友達でもあるんだけどね。ジーンは片付けが壊滅的に下手なのよ。だから、結構大変だと思うわよぉ？」

ヴィンスさんがにやにや笑いながら言うが、私が気になったのは旦那様の言葉の方。衝撃にぽかんと口を開けた。

旦那様の友達……友達……。

怖いの？　無口なの？　はたまた女言葉なのっ？

わくわくしてきて、「やりますっ」と勢い込んで返事をした。旦那様もふっと息を吐いて頷く。

「仕事というより、個人的な手伝いのようなものだ。……だが、気分転換にはなるだろう」

「はいっ、もちろん！　わあぁ、ありがとうございますー！」

仕事ができること以上に、旦那様が私との約束を果たすために動いてくれたことが嬉しい。

はしゃぐ私と無表情な旦那様を、ヴィンスさんが苦笑しながら眺めていた。

◇

記念すべき初仕事は、旅行から戻って二日後だった。

張り切って朝の身支度を終え、旦那様と共に馬車へと乗り込む。

私を王立学院へ送ってから旦那様も出勤するそうなので、いつもより時間が早くなってしまった。

「眠くないですか？」と尋ねると、旦那様は静かに頷く。

「よかったぁ。最近、顔色良くなりましたよね」

「……お前が居るからな」

そっかそっか。

軽く目を細めて答える旦那様に、嬉しくなって頬が緩む。魔力ゼロ体質でそれなりに苦労してきたけれど、そのお陰で今、誰かの――旦那様の役に立てている。

幸せな気分のまま王立学院に到着し、旦那様と二人で立派な正門をくぐった。城と見紛《みまが》うほど巨大な建物に、ぽかんとして立ち尽くす。

「すっごく大きな学校ですね！」

「初等科から高等科まで同じ建物だからな。大学だけ離れた場所にある。――こちらだ」

敷地内をずんずん進み、古びた赤レンガの建物に辿り着く。

旦那様は勝手知ったる様子で、案内も乞わずに中へ入っていった。三階に上がって廊下を突き進み、やっと足を止める。

「ここだ」

短く告げて、扉をノックした。

「…………」

返事がない。

廊下にしんとした静寂が満ちる。

「……早すぎましたかね？」

心配する私に、旦那様は「いや」とかぶりを振った。こぶしを握り締め、今度は殴りつけるように扉を連打する。えええっ？

ガラガッシャン、と物が倒れるような音が聞こえ、部屋の中から勢いよく扉が開いた。旦那様が素早く私を後ろに引き寄せる。

「――はいはいっ！　ごめんなさい起きてますっ！」

砂色の短髪をぴょんぴょん跳ねさせた女の人が、転がるようにして出迎えてくれた。呆気《あっけ》にとられて彼女を見返すと、口元にヨダレの跡がついている。

「……ジーン。お前、また大学に泊まり込んだのか」

旦那様が呆れたように眉をひそめた。

……って。

ジーンさんって……女の人ぉ!?

「ごめんごめん。改めまして、ジーン・ハイドです。よろしくミアちゃん！」

顔を洗ってきたジーンさんが、てへへと照れ笑いしながら自己紹介してくれた。急いで私もお辞儀する。

「こちらこそ、よろしくお願いしますっ」

「やー、助かるわぁ。ご覧の通りの惨状だから」

……確かに。

それなりの広さがある室内には、ところ狭しと本が積まれ、書類があふれ、ホコリが舞い踊っていた。うん、まずは窓を開けようか。

「でもさ、ホントにいいの？　王族の奥方様に掃除なんかさせちゃって」

「構わん。お前のところならば安心だ。……ただし、目は離さないでくれ」

旦那様の言葉にジーンさんは目を丸くした。瞳にからかうような色を浮かべ、さもおかしそうに含み笑いする。

「うぅっわ、過保護ぉ～。冷酷非情と名高い魔法士団長サマは、一体どこへ消えてしまったのかしらー？」

「昼ごろ屋敷から迎えが来る。それまでこの部屋から出ないよう」

ジーンさんを完璧に無視して、旦那様が私に声をかける。そのまま出ていこうとして、怪訝そうに振り返った。

「……どうした」

ハッと我に返り、慌てて笑顔を作る。いけない、いけない。

「なんでもないです！　旦那様もお仕事頑張ってくださいね！」

「…………」

探るような目で私を見る旦那様を、にこにこ笑って見上げた。ややあって、旦那様はやっと踵《きびす》を返す。

「ああ。……行ってくる」

手を振って彼を送り出し、扉がバタンと閉まった瞬間、ためていた息をぷしゅうと吐いた。

……なんか。お腹の底が気持ち悪い、ような。

朝ごはん……食べすぎたかな。

「――ミアちゃん？」

気が付けば、私の背中は完全に丸まっていた。

心配そうに私を覗き込むジーンさんにぎこちなく笑い返し、しゃんと背筋を伸ばす。

旦那様に無理を言って見つけてもらったお仕事だ。

食べすぎになど、負けている場合ではなーい！

決意も新たに、私はきりりとエプロンを身に着けた。今日は使用人時代の服を着てきたから、いくら汚しても大丈夫！

「じゃ、早速お掃除開始しますね！　まずは本棚の上からハタキをかけよっかな。……かなりホコリがたつけど、大丈夫ですか？」

「大丈夫、大丈夫。あたしはホコリと共に生きる女だから！　むしろオトモダチ！」

「……住み分けしましょ？」

苦笑いしながら突っ込んで、部屋の窓をバタバタと開けてまわる。黙々と掃除をしていると、ふと熱心な視線を感じた。

振り返れば、ジーンさんが一心に私を見つめている。

「……えぇと……？」

戸惑いながら見返す私に気が付いたのか、ジーンさんは誤魔化すように姿勢を正した。その拍子に机の上の本をドサドサ落とす。

「わわわわっ⁉……ごめぇん、ミアちゃん。あのシリルが電撃結婚したものだから、あたしってば興味津々で～」

てへっと舌を出すジーンさんに、私は金縛りにあったように動けなくなった。

(……シリル……)

また、お腹の奥が気持ち悪くなる。

しゃがみ込みそうになるのをなんとか堪《こら》えて、ぎゅっと目を閉じ俯いた。

「――ミアちゃんっ？　やっぱり具合い悪いの⁉」

「……ねえ、君。どうしたの？」

突然、静かな声が割って入った。

そっと目を開けると、砂色の髪の少年が眉根を寄せて私の顔を覗き込んでいた。ふわりと良い香りがして、魅入られたように彼の瞳を見返す。

「うわわ、リオ！　乙女の部屋に入る時は、ちゃんとノックしなさいよ！」

「したよ、何度も。それから乙女じゃなくて教師ね。もしくは従姉《いとこ》」

しれっと言い放ち、少年は私に向かって柔らかく微笑んだ。サラサラの髪が少年の動きに合わせて揺れる。

ああ、と彼は手を打った。

「もしかして、朝ごはん食べてないとか？――それなら、よかったらこれどうぞ」

手に持っていた紙袋から何かを取り出す。パカッと割って手渡してくれたそれは、黄金色の――

……

「……焼き芋？」

ほかほか湯気が立って、とっても美味しそう。

……じゃなくて！

良い香りの正体、これでしたかっ。

「遠慮しなくていいよ。偶然だけど、ちょうど三つあるんだ」

いたずらっぽく笑う彼につられて、ぎこちないながらも笑みがこぼれる。ジーンさんが机の上にある本を床に退避させてくれたので、三人同時に焼き芋をほおばった。

「……っ」

なに、これ。

ねっとり甘々……焼き芋というよりスイートポテト。

――そう。もはや野菜じゃなくてスイーツやぁ……！

全員が無言になり、夢中になって平らげる。

気が付けば私のお腹が気持ち悪いのも治っていた。どうやら食べすぎではなく、単に空腹だっただけらしい。

お腹を撫でる私の隣で、ジーンさんがほあぁと満ち足りたため息をついた。

「美味しかった……。温まった……。そして、幸せになった……」

「熾火《おきび》でじっくり焼くのがコツなんだ。一限目が休講になったからこそ出来た傑作だね」

少年が得意そうに胸を張る。

感謝の視線を送ると、彼はふわりと微笑んだ。

「ジーン姉さんの従弟《いとこ》の、リオ・ハイドだよ。十七歳だけど、飛び級で大学生やってます」

「ええっ!? すごーい！」

専門分野を学べる大学は、この世界では通常十九歳から二年間通うことになっている……のだけれど、そもそも大学まで行ける人がそう多くない。

感嘆する私に、リオ君はくすぐったそうに笑った。

「すごくないよ。ジーン姉さんなんて、十六歳で大学を卒業しちゃったんだから」

謙遜するけれど、ジーンさんもリオ君もすごいことに変わりはないと思う。熱弁すると、ジーンさんは気取ったように人差し指をぴぴっと振った。

「ま、天才と比べたらダメってことよ。少年よ、己を卑下することなく、最善を尽くすべしべし！」

「や。僕は別に、自分を卑下してないけどど？」

息ぴったりな二人のやり取りに、思わずぷっと噴き出した。くすくす笑う私に、リオ君も照れたように頬を掻く。

「……なんか、意外だなぁ。あの魔法士団長の選んだ人だっていうから、もっと怖いのかと思いきや」

「選んだっていうより、脅して手に入れちゃったのよシリルのヤツは！　あたし、ちゃんとヴィン

スから聞いて……ととっ！」

鼻息荒く言い放った後、ジーンさんが慌てたように自分の口を塞ぐ。リオ君は一瞬ぽかんとした後、さも不快そうに眉をひそめた。

「……脅してって……。何それ、最悪だな」

リオ君の言葉に呆気に取られ、呼吸が止まる。はっと我に返り、椅子を蹴倒す勢いで立ち上がった。

「ちっ、違うの！　旦那様は体調が悪くて、私が魔力を消せるから必要で！　ああ見えて意外と優しいひとで、ああでも、強制クーラーは時々寒いかな!?」

自分で言っていて訳がわからなくなってきた。

ますますパニックになりながらも、必死でリオ君に詰め寄る。

「——とにかく！　うちの旦那様は、最悪なんかじゃありませんっ」

フンスと胸を張ると、リオ君はあんぐりと口を開けた。ややあって感心したように微笑む。

「よくわからないけど、ひとまず熱意は伝わったよ。うん。——ところで、魔力を消せるってどういうこと？」

「…………」

口が滑り申した。

こてんと可愛らしく首を傾げるリオ君に、私の体質を教えていいものか迷っていると、ジーンさんがうきうきと身を乗り出した。

「それそれ！　ミアちゃんって、譲渡された魔力を消しちゃうんですって！　それもヴィンスから聞いて――……あっ、口止めされてたわ」

駄目じゃん！

ずっこける私とリオ君に、ジーンさんはてへっと舌を出した。……誤魔化されませんよ？

「魔力譲渡、かあ……。生活魔法の一種だけど、普通は使う機会ないよね。よっぽど相性の良い魔力じゃないと、体が拒絶反応起こしちゃうし」

リオ君が体勢を立て直し、興味津々といった様子で私を見つめる。

「ね、じゃあさ。試しに僕の魔力を渡していい？　僕、魔法工学を専攻してるから、魔力の流れに興味があるんだ」

「あっ、それいいかも！　あたしも興味あるあるぅ！」

ジーンさんが大はしゃぎして、積まれた本を倒しまくりながら背後の戸棚を開く。木箱を取り出し、嬉しげに中の物を私に手渡した。

長いベルトの中央に、ガラスのように透明な丸い石がついている。

何に似ているかと言われると――……

「……腕時計？」

でも、文字盤がないし、時刻を示す針もない。というかベルト部分が長すぎる。腕に巻いたらかなり余ってしまうだろう。

首をひねる私に、ジーンさんがフフンとふんぞり返った。

「それはね、王立学院大学魔法工学科天才美人教師ジーン様々の……」

「長いよ、姉さん。まあ、平たく言えば魔力測定器ね」

ずっこけるジーンさんを無視して、リオ君は私の手から魔力測定器を奪い取る。素早くジーンさんの背後に回り込み、彼女の頭に装着してしまった。

ジーンさんの額に当たった透明な石が、ピカッと黄色く光り輝いた。

こっ、これは……！

「………」

「今『ダサッ』って思ったでしょ」

ぎくぎくぅっ！

リオ君の鋭いツッコミに、「そんなことないよぉ」と取り繕ってはみたものの。

おでこの魔力測定器は気が抜けたようにペカペカ瞬き、見た目がなんともコミカルだ。……うん、これはヘッドライトだな。

ジーンさんがよいせとヘッドライトをはずす。

「あたしの魔力じゃこんなもんだけどね。リオがつけたら眩《まばゆ》いばかりに輝くのよ！　さっ、リオ！」

「断る。……さっ、ミアちゃん」

にこにこにこ。

笑顔全開の従姉弟《いとこ》コンビに促され、私は仕方なくヘッドライトを受け取った。渋々頭に装着してみる。

「……わっ、やっぱ光らないんだぁ！」

ジーンさんが私の顔を覗き込み、嬉しげに拍手した。

そんな彼女を押しのけて、目を輝かせたリオ君が私の前に立つ。

「じゃ、早速試してみよう！　いい、ミアちゃん？」

「う、うん……」

頷きかけて、はたと思い出す。

そういえば、旦那様の屋敷に来た最初の日。

確かヴィンスさんが私に魔力を渡そうとして——旦那様はそれを、嫌がっていた、ような？

「——やっぱり待っ……！」

止めようとした時には、すでに遅く。

魔力を宿したリオ君の右手が、魔力測定器を避けて私の額を優しく撫でた。

目の上にある測定器が一瞬だけ輝くのを感じ、眩しさに目を細める。

ジーンさんとリオ君が「おおおっ」と歓声をハモらせた。

「——すごいすごい！　あっという間に魔力を打ち消しちゃうんだねっ。もう測定器が光ってないもん！」

「ミアちゃん、大丈夫だった？　気分は悪くない？」

興奮の色を隠せないジーンさんを尻目に、リオ君が優しく気遣ってくれた。

私はなんとか作り笑いを返す。

「う、うん。大丈夫」

……なんだけど。

どうしよう。魔力、受け取っちゃった……。

心臓が痛くなるような心地がして、のろのろと魔力測定器を頭からはずした。落ち込む私をよそに、ジーンさんとリオ君は楽しそうに議論している。

「ねえリオ。魔力を消し去る道具を開発したら、どんなところで使えると思う？」

「元素魔法を使う犯罪者の逮捕、拘束でしょ。魔力を消し去る手錠とかいいよね。……うん、これは国相手の商売になる」

盛り上がっている二人を見るともなく眺めた。良くなっていたと思っていた気持ち悪さが、じんわりとぶり返してくる。

「――うわっ、ヤバ！　次の講義が始まっちゃう」

突然、リオ君が悲鳴を上げて立ち上がった。一直線に扉へ向かいかけ、思い付いたように振り返る。

「ミアちゃん、また来るんだよね？」

返事をしなければと思うのに、口がカラカラに乾いて答えられない。私が声を出すより早く、ジーンさんがニッと笑って私達を見比べた。楽しげに私の手を握る。

「もっちろん！　次は明後日のお昼からお願いしちゃおっかな！……シリルがさぁ、目を離すなとか偉そうに言うもんだから。あたしの講義のない時間帯しか無理なのよね」

ミアちゃんの予定は大丈夫？

小首を傾げて尋ねる彼女に、私は唇を湿らせてから頷いた。

「……大丈夫ですっ。なにせ暇人なんで！」

リオ君が嬉しそうに微笑む。

「よかった。明後日なら僕も一コマ空きがあるんだ。また会いに来ていい？」

「うんっ、もちろん！」

なんだかリオ君とは友達になれそうな予感がして、元気いっぱいに返事をする。今度は作り笑いではなく、心から笑うことができた。

手を振ってリオ君を見送ると、「さて」とジーンさんが改まったように私を見た。握っていた私の手を放し、労《いたわ》るように頭を撫でてくれる。

「……ミアちゃん、やっぱりあんまし体調良くないでしょ？　今日はもう掃除はやめにして、迎えが来るまでのんびりお茶でも飲んどこうよ」

「や、駄目ですそんなの！　お仕事だもんっ」

焦って首を振る私に、ジーンさんはぽかんと口を開けた。

「お仕事って……。給料が発生するワケじゃないんだから、そんな気にすることなくない？」

……へ？

今度は私がぽかんとする。

お互い間の抜けた顔で見つめ合うことしばし、ジーンさんがぽんと手を打った。おかしくてたまらないというふうに笑い出す。

「あぁ、なるほど！　さてはシリルから聞いてないなぁ？　お掃除の報酬は、ウチの実家で採れた新鮮野菜なのでーす！　たくさん食べてね！」

いたずらっぽく告げられて、思わずずっこけてしまった。……そういえば「仕事というより手伝いのようなもの」って、旦那様も言ってたっけ。

旦那様ってば言葉が足りないんだから、と苦笑してしまう。

「お野菜、大好きです！　楽しみにしてますね！」

くすくす笑う私に、ジーンさんは安堵したように頬を緩めた。

「ほっぺたに赤みがさしてきたわね。良かった良かった。……この惨状を、どうにかしてくれる救世主サマだもの……」

遠い目で室内を見回すジーンさんにつられて、私も改めて部屋を観察してみる。

ものすごく汚れているわけじゃないものの、なにせ物が多すぎる。棚に収まりきらない本や怪しげな道具は、乱雑に積み重ねられているだけ。物によってはあまり使われていないのか、表面にはうっすら……ではなく、もっさりとホコリが積もっている。

「もしや、キノコとか生えてません？」

「うん、一度収穫したことあるわ！」

……冗談だったんですけど？

衝撃の回答にぷっと噴き出すと、心が軽くなっているのに気が付いた。モヤモヤと引っかかっている思いを、今なら素直に聞ける気がする。

「――ジーンさんて。旦那様とお友達、なんですよね？」

「うん、今はね！　最初は、風よけに使ってやろうと思って近付いたんだけどぉ」

バツが悪そうに舌を出すジーンさんに、目が点になる。風よけ……風よけ？

ジーンさんはほろ苦そうに微笑んだ。

「学生時代はね、あたし一人だけ飛び級で年下だったから。貴族ばっかの大学で、かなり浮いちゃってたのよねぇ……。オマケにあたしは農家の娘で平民だしさぁ」

「そ、なんだ……」

王立学院は平民も通えるものの、半数以上は貴族なのだそうだ。学生時代、成績優秀なジーンさんは、勉強ではなくむしろ人間関係で苦労したらしい。

「――で。そんな中で目をつけたのが、『氷の魔王』と渾名《あだな》される一匹狼《おおかみ》。専攻は違ったけど重なる講義も多かったから、利用できると思ってね」

……氷の魔王。

うぅん。今の『氷の魔法士団長』の方が、通り名としてまだマシかもしんない。

しみじみ頷きながら、ジーンさんの話の続きを待つ。旦那様の昔の話が聞けて、だんだん楽しくなってきた。

ジーンさんも興が乗ったように身を乗り出す。

「そしたらなんと、あたしと全く同じこと考えてるヤツがいて！　そいつは貴族だったけど、大学から入ったから馴染《なじ》めなかったみたい。初等科から一緒の連中はもうグループが出来上がっちゃってたしね」

え。それってもしや……。

「……ヴィンスさん？」

首を傾げながら尋ねると、ジーンさんは嬉しそうに膝を打った。

「正解～！　まだ女言葉に慣れてなかった頃の、初々しいヴィンスちゃんでーす！」

「えええええっ!?」

「あの頃はねぇ……。うっかり一人称が『オレ』になっちゃったり、慌てて語尾に『なのよ』とか付け足してみたり……」

ジーンさんが懐かしそうに目を細める。

あのヴィンスさんに、まさかまさかそんな時代がっ!?

……でも、どうしてわざわざ女言葉を使おうと思ったんだろ？

聞いていいものか迷っていると、ジーンさんが察したようにニヤリと笑った。ピッと人差し指を立て、焦《じ》らすように左右に振る。

「理由は一言で言えば、頑固親父《おやじ》への反抗ってとこかな。……ま、今度聞いてみなよぉ。アイツ、お酒を飲ませれば口が軽くなるからさ」

「り、了解ですっ」

慌てて敬礼を返し、ジーンさんの腕をゆさゆさと揺さぶった。

ヴィンスさんの事情も気になるけれど、今は続き続きっ。旦那様達の学生時代っ！

目を輝かせる私に、ジーンさんはますます得意気に胸を張る。

「シリルのヤツ、最初は『俺に近寄るな』オーラがすごかったのよ。……や、最初っていうか在学中ずっと？　それでも、シリルの側なら厄介な連中が寄ってこないし。あたしもヴィンスも意地でも付きまとってたってワケ」

やっと友達っぽくなれたのは卒業後かな。

ジーンさんの言葉に目を丸くする。そっか、在学中ってことは二年間……。

――旦那様と仲良くなるには、それぐらい時間が必要なんだ！

不思議と晴れやかな気分になり、気持ちの悪さはすっかりどこかへ消えてしまった。勢いよく立ち上がって、深々とジーンさんに頭を下げる。

「教えてくれてありがとうございます、ジーンさんっ。私、お掃除に戻るんで、続きはまた今度聞かせてくださいね！」

鼻歌交じりに、ホコリとの戦いを再開する私であった。

昼ごろ迎えの馬車が来てくれたので、掃除を切り上げて屋敷へと戻った。

ジーンさんは「もっとしゃべりたい～！」と名残惜しそうだったし、正直私もまだ帰りたくなかった。

旦那様達の学生時代の話が聞きたいのはもちろんだけど、ジーンさん自身も楽しいひとで、忙しく立ち働きながら私は笑いっぱなしだった。

……それにそれに。

ぐぬぬ、もうちょっと片付けたかったぁ～！

正味の仕事時間が短かったのが悔やまれる。明後日は体調を万全にして臨まねばっ。

決意を新たにしつつ旦那様の帰りを待つけれど、夕食の時間になっても一向に戻って来ない。

そわそわしていると、ヴィンスさんが一人きりで屋敷を訪れた。

「初日の仕事お疲れ様、ミア。——シリルなんだけど、今夜は帰って来ないわよ。急遽《きゅうきょ》、魔獣の討伐依頼が入っちゃったから。……それがなんと、『通過の町』なのよ」

「えっ……？」

声をひそめるようにして告げられ、すうっと血の気が引いていく。

通過の町には、ローズ達が……。

魔獣と戦う旦那様も、大丈夫なの……？

カタカタと震え出す私を見て、ヴィンスさんが慌てたようにかぶりを振った。

「違う違うっ！　ゴメン、今のはアタシの言い方が悪かったっ。通過の町の近くで、小型の魔獣が目撃されたらしいの！　誰も襲われてなんかないわ！」

「……っ。よかったぁ……」

安堵の息を吐く私に、ヴィンスさんは大きく頷く。

「本来なら、調査してから討伐って流れになるんだけどね。……見つけ次第駆除した方が早いって、シリルのヤツが部下を連れてさっさと出発しちゃったのよ。嫁の故郷だからって張り切っちゃって」

やあねぇ、新婚ボケってやつかしら。

苦々しげなヴィンスさんに、思わず噴き出してしまった。

小型の魔獣なら、旦那様の敵ではなさそうだし。

ほっとしたら急にお腹が減ってきて、笑顔でヴィンスさんの服を引っ張った。

「ヴィンスさん、よかったら夕飯食べていきませんか？　旦那様の分が余っちゃうし、私もひとりじゃ寂しいし」

「やたっ！　実はそれ目当てで、わざわざアタシ自ら来てあげたのよぉ。今日どんな感じだったか、アンタの話も聞きたかったし～」

二人できゃいきゃい騒ぎながら食堂へと入る。

夕食を取りながら今日の出来事を熱く報告すると、ヴィンスさんは楽しげに耳を傾けてくれた。

ペカペカ光る魔力測定器のくだりでは大ウケしていたし、ジーンさんの研究室にキノコが生えていた話では、笑いすぎて目に涙さえ浮かべていた。リオ君と友達になりたいと話した時だけは、なぜか眉をひそめていたけれど。

「――あ、あの。すみませんけど、ヴィンスさんと二人でお話がしたいので……」

夕食後。

給仕の執事さんにお願いして、食堂から退出してもらった。

「あら、なぁに？　もしや愛の告白？」

ヴィンスさんはウインクしながら茶化すように聞くけれど、私は大真面目だった。

心に引っかかっていたあのことを、ヴィンスさんに相談したかったのだ。

ヴィンスさんは私の話を聞き終えた途端、楽しげだった様子を一変させた。頭痛を堪《こら》えるように額を押さえ、がっくりと項垂《うなだ》れてしまう。

「あの、でもっ。帰ってから、あの難しい契約書を読み返してみたんですよ！　他の人から魔力を受け取っちゃ駄目とは、書かれてなかった、と……思います……？」

顔を上げたヴィンスさんの、真正面からの鋭い視線に射竦《いすく》められる。弁解をやめて黙り込んだ私をとっくり眺め、ヴィンスさんはコツコツとテーブルを叩いた。

「……ミア」

「は、はいっ」

思わず背筋を伸ばす私に、ヴィンスさんは重々しく口を開く。

「契約書に書かれてなくたって、他の男から魔力を貰《もら》うのはダメなのよ。……多分だけど、アンタへの魔力譲渡は――シリルにとって、自分だけの特権なんだと思うから」

……特権？　何が？

ぽかんと口を開ける私が理解していないと悟ったのだろう、ヴィンスさんは顔をしかめて続ける。

「だから、まあ。子供じみた独占欲っていうか……うぅん、そうねぇ。なら、贈り物って言ったらわかりやすいかしら」

「……はぁ。贈り、物……？」

「そうよ。自分の奥さんが、他の男から贈り物を貰ったら嫌な気持ちになるでしょう？　なんとなく面白くないでしょう？　つまりはそういうことよ」

ヴィンスさんの言葉を胸の中で反芻《はんすう》し、思いっきり首をひねった。贈り物……贈り物？

「……いや。魔力ですよ？」

だあっとヴィンスさんが崩れ落ちる。

「だっかっらっ、今のはものの例えよ例え！――ああもうッ!!」

頭をがしがしと掻きむしり、テーブルを叩きつけて立ち上がった。鼻息荒く私を睨みつけ、ビシッと人差し指を突きつける。

「つまりッ！　シリルにとっては浮気も同然ということよッ!!」

「…………」

えええええっ!?

「うわうわうわうわ浮気っ!?」

「そぉよ！　うわうわうわ浮気よ！　だから禁止事項なのッ。ちゃんと契約書に書いてあったでしょ？　不貞行為はダメだって！」

うん、確かに書いてあった。

契約書の文面を思い返しながら、早鐘を打つ心臓をきつく押さえる。浮気、不貞、ダメ絶対……。

自己嫌悪に落ち込みそうになるのを、きゅっと唇を噛《か》んで堪えた。

「わ、わかりました。旦那様が帰ってきたら……ちゃんと正直に話して、謝ります」

「――ダメよ!!」

慌てふためいたヴィンスさんが、音がしそうなくらい勢いよく首を横に振る。テーブルから大きく身を乗り出した。

「話したって良いことなんかひとつもないわ！　過ぎたことは仕方ないし……それに、隠すのだって契約のうちだもの。ちゃんと最初に説明したでしょ？　浮気するならバレないようにやれって」

「……あ」

そうだったかも。

それでもためらう私に、ヴィンスさんが目を剝《む》いて詰め寄る。

「その程度の嘘、軽くつけなくてどうするの！　時には嘘が必要な時だってあるの！　正直が、いつも正義とは限らない……。そう、嘘の全てが罪じゃないッ!!」

おわかりッ!?

畳み掛けるように説得され、勢いに押された私はこくんと首を縦に振った。……あ、同意しちゃった。

ヴィンスさんは至極満足気に頷くと、テーブルを回り込んで私に歩み寄る。

「アタシ、明日出勤前に王立学院に寄ることにするわ。ジーンとリオにも口止めしとかないと……」

しかつめらしく私を見下ろして、ドスの利いた声を出した。

「いーい？　今日の事はもう忘れなさい。それから、相手が男だろうが女だろうが、今後はシリル以外から魔力を貰っちゃダメ。絶対なんだからねっ!?」

◇

翌日、午後。

旦那様が帰ったとメイドさんから告げられ、私はコクリと唾を飲み込んだ。出迎えるため、意を決して自室から出る。

玄関へ向かおうとしたら、ちょうど旦那様がこちらに歩いてくるところだった。執事のジルさんを伴い、なぜか二人揃《そろ》って難しい顔をしている。

「――おっ、お帰りなさい旦那様！　怪我《けが》とかしてないですか？　通過の町は大丈夫でしたかっ？」

笑顔を作って立て続けに尋ねると、旦那様は「ああ」と短く答えるだけで、どことなくうわの空な様子だった。

そっと手を伸ばし私の額に触れる。深かった眉間の皺が、少しだけやわらいだ。

「……熱は、無いようだな」

……熱？

きょとんとしていると、ジルさんが安堵したように微笑んだ。

「左様でございましたか。――よろしゅうございました。奥方様に食欲がおありでないようでしたので」

ジルさんの言葉に戸惑ってしまう。

朝から食欲がなかったのは事実だけれど、それがバレるはずはない。

なぜなら。

「……私、ちゃんと全部食べましたよ？」

人がせっかく作ってくれたごはんを残すなど、罰当たりなことはできない。いつでも完食、それが私のモットーなのだ。

首を傾げる私に、ジルさんがカッと目を見開いた。

「いいえ、いいえ！　奥方様がお代わりなさらないなど、当屋敷に来てくださってから初めての事でございます！　使用人一同、ご心配申し上げておりました!!」

「…………」

もしかしなくても、普段の私って食べすぎですか？

遠い目をしていると、旦那様が私の肩を抱いて部屋へと促した。慌ててぎくしゃくと足を動かし、彼の部屋に二人で入る。

……怪しすぎたのか、隣の旦那様からビシバシ視線を感じる……。

顔を上げられないでいると、旦那様が私の腕を引き、いつも通り二人並んでベッドに腰掛けた。

「……『通過の町』は問題無い。魔獣は一匹だけで、既に駆除も完了した」

「ありがとう、ございます……」

静かに告げられ、ぎこちなく頭を下げる。

旦那様は無言で私を見やり、しばらくして懐から何かを取り出した。

「町長の娘から、お前宛ての手紙を預かった。返事を書いてやると良い」

……ローズからの、手紙。

普段の私なら、飛び上がるほど喜ぶのだろうけれど。

今は、微笑み返すだけで精一杯だった。

のろのろと手紙を受け取る私を、旦那様がじっと見つめる。不意に手を伸ばされ、指で顎をすくわれた。眉根を寄せた旦那様に、真正面から顔を覗き込まれる。

「……えと、旦那様……?」

だらだらだら。

冷や汗が出てきて、目線は自然と斜め上に行ってしまう。後ろめたくて、旦那様の顔を見ていられない。

旦那様はそんな私をますます怪しんだようで、すうっと視線を鋭くした。

「――何を隠している」

断定形で問われ、私はビシリと固まった。

はくはくと口を開けるけれど、言葉が一切出てこない。

（どどどど、どうしよう……っ）

リオ君の魔力を受け取ったことを謝りたい。でも、契約を守るためには嫌でも嘘をつかねばならない。

「……別に。何、も……。隠してない、です」

「嘘をつけ」

即座に否定され、ひゅっと息を呑む。

旦那様がさらに距離を縮めてきたので、私はただ碧眼の瞳を見返すことしか出来なくなった。

「——答えろ」

地を這《は》うような低い声で問われ、私は誤魔化そうと口を開きかけ——

（……ああ、駄目だ……）

胸がぎゅっと苦しくなる。

ヴィンスさんとの約束を、破ってしまうことになるけれど。

誤魔化すためにはまた嘘をつかなければならない。もうこれ以上、嘘を重ねることは出来なかった。

決心した途端、条件反射のように涙が溢《あふ》れてくる。みっともなくボロボロと泣きながら、必死で言葉を絞り出した。

「……ごめんなさい、旦那様。私……私、契約違反しました……っ。——浮気、しちゃったんです……！」

旦那様の顔を見ていられなくて、逃げるように目を閉じる。頬をつたう涙がポタポタ落ちるのがわかった。

…………

…………

…………？

旦那様はなぜか一言も発しない。沈黙を不審に思って、おずおずと目を開けた。てっきり強制クーラーが発動すると思ったのに。

「――って旦那様ぁっ!?」

旦那様は凍りついたように動きを止めていた。

瞬きすらしておらず、整った顔立ちも相まって等身大の人形にしか見えない。血の気も完全に引いているし。

ビックリしすぎて涙が止まった。顎から旦那様の指をはずし、ゆさゆさと彼を揺さぶる。

「だーんーなーさーまーっ！」

「…………」

駄目だぁ、完全にフリーズしてしまったぁ！　こうなったら、強制的に電源を落とすしかっ。電源ボタンはどこですかっ？

立ち上がって旦那様の背中や後頭部をさすってみると、旦那様がビクリと身じろぎした。おお、再起動成功!?

座ったままの旦那様が、ギギギギと首だけ動かして私を見た。

「……浮、気……？」

硬い声でカクカクと呟く彼に、私は胸を撫で下ろす。

やっと言葉を発してくれて安心した。

浮気してしまって申し訳ない。

相反する感情を持て余しながら、深々と頭を下げた。

「はいっ。……旦那様以外の人の、魔力を貰ってしまいました！」

「……なんだと？」

呆《ほう》けたように口を開ける旦那様を不審に思いながら、私は背筋を伸ばしてはきはきと繰り返す。

「旦那様以外の人の、魔力を貰いましたっ。魔力はいつも通りすぐ消えちゃったけど、本当にごめんなさい！」

「………………」

旦那様は再び固まった後、がっくりと項垂《うなだ》れてしまった。

そんな彼をおろおろと眺めていると、旦那様は不意に顔を上げた。腕を強く引かれ、ベッドの上に押し倒されてしまう。

「わわっ……？」

「他には。……魔力を受け取った以外に、何かしたのか？」

衝撃に一瞬閉じていた目を開くと、旦那様が私に覆いかぶさっていた。ギシリとベッドが軋《きし》む。

至近距離から顔を覗き込まれ、私はぽかんと彼を見上げた。

「ほか……？　焼き芋、貰いました。それで全部、かな」

「………………」

旦那様は無表情に私を見つめると、脱力したように私の上に倒れ込んだ。って重っ!?

「旦那様っ？　大丈夫ですか、しっかりしてくださいっ」

旦那様の重みで起き上がることのできない私は、バンバンと彼の背中を叩く。それでも無反応なので、今度はゆっくりさすってみた。何度も背中を撫でるうち、少しずつ旦那様の体が弛緩《しかん》してきた気がする。

なんだかほっとして、包み込まれて温かくて。

背中を撫でながら、私もそっと目をつぶる。小さな欠伸《あくび》が出たところで、突然ノックもなしに扉が開け放たれた。

蒼白な顔のヴィンスさんが、転がるように駆け込んでくる。

「――ミア、無事ッ!?」

「……あ。ヴィンスさ……」

彼の名を呼んだ瞬間、欠伸の反動でポロリと涙が落ちた。

ヴィンスさんは愕然《がくぜん》と息を呑み、わなわなと震え出した。白かった顔色が真っ赤に変わり、般若《はんにゃ》の形相でカッと口を開く。

「このっ……このっ……ド変態ムッツリ破廉恥《はれんち》サイテー男があああッ！　今すぐミアから離れなさ――いッ!!」

◇

「――よぉし、これでいいわね。さっ、二人とも署名するのよっ！」

ヴィンスさんの号令で、私は神妙に、旦那様は無表情にペンを手に取った。「変更契約書」と書かれた紙に、さらさらとサインする。

最初に交わした契約から、内容を修正することになったのだ。

変更点は二つ。

一つ、お互い浮気は一切許されないこと。

一つ、お互い他の人間とは魔力譲渡を行わないこと。

契約書の効力は、今この時点から。サインをしたことで私の心はほっと軽くなり、自然と笑みがこぼれた。

「よかったぁ……。改めてよろしくお願いします、旦那様っ」

「……ああ」

旦那様がむっつりと答える。……ありゃ、まだ機嫌悪い？

首を傾げていると、ヴィンスさんが呆れたように旦那様を見た。

「なに拗ねてんのよ、シリル。――もしかして、ミアに手を出しちゃダメって条項を変えなかったのが不満？……でも、それはアンタの自業自得よ。始まり方を間違えたんだもの。挽回《ばんかい》したいなら、せいぜい誠心誠意を尽くすことね」

「煩《うるさ》い。……俺が聞きたいのは、こいつに魔力を渡した相手の名だ」

旦那様の声音は平坦だけれど、なぜだか爆発寸前な響きを感じる。思わずヴィンスさんと顔を見合わせ、私はふるふると首を横に振った。

「駄目です、旦那様。断らなかった私が悪いんだもん。相手のことは教えられないです」

旦那様はむっと眉根を寄せたけれど、これればかりは私も譲れない。じっと旦那様を見返すと、ややあって彼は仕方なさそうに頷いた。

さあ、とヴィンスさんがパンパンと手を叩く。

「ミア。良い機会なんだから、他にもシリルに要望があるなら言っちゃいなさい。きっと今ならなんでも聞いてくれるわよ?」

「……えぇと……?」

要望、要望……。

旦那様にして欲しいこと。何かあるかな?

悩んだ末に、ぽんと手を打つ。期待を込めて旦那様を見つめた。

「旦那様っ。私も、名前で呼んで欲しいです！」

私の言葉に旦那様は動きを止め、ヴィンスさんはプッと噴き出した。

「ヴィンスさんとジーンさんのことは名前で呼ぶのに、私だけ呼ばれたことないんですー！」

必死で訴えながら旦那様の腕をゆさゆさと揺さぶると、彼はぐっと言葉を詰まらせる。しばし黙り込んだ後で、お前こそ、と呻くように応じた。

「お前こそ……ヴィンスの事は名で呼ぶくせに、俺の名を呼んだ事は無いだろうっ」

「………」

たーしーかーにーっ!!

こういうの、何て言うんだったっけ?

青天《せいてん》の霹靂《へきれき》。じゃなくて、人の振り見て我が振り直せ? いや違う、この格言じゃない。とにかく。

名前を呼んで欲しいなら、まず自分から呼ぶべきだった!

私は心から反省し、旦那様の腕を放して深呼吸する。旦那様にずいっと顔を寄せ、美しい碧眼を覗き込んだ。

「……シリル様」

そっと呟くように、出会って初めてその名を声に出す。

旦那様の、湖面を思わせる瞳にさざ波が立った。

旦那様はためらうように口を開きかけ、何も言わずに唇を引き結ぶ。同じ動作を彼が何度か繰り返す間、私は辛抱強く待ち続けた。

そうしてやっと、真剣な表情の旦那様が言葉を発する。

「──ミ」

み?

続く言葉はもちろんアだよね！　とわくわくしていると、不意に粘着質な視線を感じた。一心に見つめ合っていた私と旦那様は、勢いよく視線の主を振り返る。

にやにやと笑み崩れているヴィンスさんだった。

ヴィンスさんははっとしたように顔を引き締め、私達に向かってひらひらと手を振る。

「あぁら、いいのよアタシの存在は気にしないで。さっ、続き続き！」

「…………」

や、死ぬほど気になるんですけど？

微妙な顔をしていると、旦那様が突然椅子を蹴倒して立ち上がった。

「俺は今から魔法士団に戻る。事務処理があるからな」

えっ？　えっ？

混乱する私を放置して、旦那様は乱暴にヴィンスさんの肩を掴む。

「お前もだ、ヴィンス。——そもそも、まだ仕事中だろう。なぜ抜けてきた？」

「それはアンタもでしょーがっ。通過の町から帰還した連中から、アンタが一度帰宅したって聞いて焦ったのよ！……素知らぬ顔でウソをつくなんて器用な真似《まね》、ミアには不可能だってことに気付いたから……」

ヴィンスさんがくっと唇を噛んで泣き真似をする。

……うう。返す言葉もないです……。

「っていうか今から戻ったところで、あと一、二時間しかないじゃない！　やぁよアタシ！」

抵抗するヴィンスさんを無言で引きずり、旦那様は強引に部屋を出て行こうとした。私は慌ててその腕にしがみつく。

「シリル様っ。何か忘れてないですか!?」

ジト目で見上げると、旦那様はわざとらしく咳払《せきばら》いした。

駄目です、誤魔化されてあげません。払うもの払っていただかないうちは、絶対に逃がしませんから!

もはや気分は完全に借金取りである。

「そうよぉ、シリル。可愛い嫁に、何か言うことあるわよねぇ?」

またもニヤつくヴィンスさんに、旦那様はすうっと無表情になった。電光石火の早業でヴィンスさんのほっぺたをつねり上げる。ヴィンスさんは激しく身をよじって悲鳴を上げた。

「いひゃひゃひゃっ!?　ひひょひ、ひゃへーひゃひひょーひょひょひょっ」

「黙れ。何が家庭内暴力だ」

「ひひゃっ!　ひょひょひょひょひょひょへへひょーひゃいっ!」

「なんてっ!?」

必死の形相のヴィンスさんが、私に向かって何やら訴えているのはわかったけれど、その内容はちんぷんかんぷんだ。思わず盛大に突っ込んでしまった。

……ていうか旦那様、さっきのよく理解できたな。

感心して立ち尽くしていると、旦那様がしがみつく私からするりと腕を引き抜いた。ヴィンスさんを部屋の外に放り出し、いかめしく私を見下ろす。

「見送りはいい。夕食までには戻る」

「……はぁい。行ってらっしゃい、旦那様」

……思わず嫌味を言ってしまった。

気まずさにそっぽを向くけれど、旦那様は意に介したふうもなくさっさと踵を返した。

「行ってくる。——ミア」

告げられた言葉にはっと顔を上げた瞬間、音を立てて扉が閉まる。

私はしばし茫然と扉を見つめ、それからぶはっと噴き出した。

お腹の底から、次から次へと笑いがこみ上げてくる。笑いすぎて涙すら滲《にじ》んできた。

(……うん。次の目標は、目を見て呼んでもらうことかな!)

くすくす笑って心に決める。


——どうやら、人間の欲望とは限りないものらしい。

第三章 伝えたい思いがあるのです！

「遅くなってごめんなさいっ。おはようございます、だん……じゃなくてシリル様っ」

まだはっきりと目が覚めないまま、寝衣のままで玄関に立つ。

今朝は思いっきり朝寝坊してしまって、朝食を旦那様と食べることができなかった。こんなことは初めてである。

「……具合いでも悪いのか。今日は、ジーンの所に行くのは取り止《や》めに……」

眉をひそめて問う旦那様に、慌ててぶんぶん首を振った。

「違います！　ローズに手紙を書いてたら、なんだか長くなっちゃって……。すっごく分厚い超大作が出来上がったんですよー」

なんとなく得意になって胸を張る。

旦那様経由で受け取ったローズからの手紙には、私を案じる言葉が切々と綴《つづ》られていた。なんなら涙で文字すら滲《にじ》んでいた。

……これはイカンと、血の気が引いていく思いがした……。

だから昨夜、私は気合いを入れて机に向かった。この屋敷に来てからの全ての出来事を、余すところなく書き連ねたのだ。

旦那様が別荘に連れて行ってくれたこと、元素魔法を見せてくれたこと。

ヴィンスさんがしょっちゅう遊びに来てくれること、屋敷の皆が親切なこと。

今は大学で掃除のお手伝いをしていること、野菜を貰《もら》うのが楽しみなこと。

結構な分量になってしまったから、読むのは大変かもしれない。けれど、これでローズが安心してくれれば嬉《うれ》しい。

「もっと早く、手紙を書けばよかったです。里帰りの時にたくさんおしゃべりしよう、としか考えてなくて……」

ここに来るまで、私の世間は通過の町だけで。

そもそも手紙を郵送するという発想がなかったのだ。ローズには本当に申し訳ないことをしてしまった。

反省してしゅんと眉を下げる私を、旦那様が静かに見下ろす。

「町長の娘も、この屋敷に手紙を送っていいものか思い悩んでいたらしい。……好きに送って構わないと伝えてあるから、これからやり取りすると良い」

「……っ。はいっ、ありがとうございます！」

頬を緩める私に頷《うなず》きかけ、旦那様は仕事へと出発した。大きく腕を振って見送った途端、お腹《なか》がぐうと鳴る。

今日は午後から、掃除のお仕事第二弾っ！

まずは着替えて腹ごしらえしなければ。

自室に戻るべく、私はうきうきと踵《きびす》を返した。

午後。

軽い昼食を済ませ、使用人時代の服を身に着ける。張り切って玄関に向かうと、なぜか執事のジルさんが待ち構えていた。

「奥方様。旦那様からのご命令で、本日よりわたくしがお供いたします」

深々と頭を下げられ、思わずきょとんと彼を見返した。馬車で送り迎えしてもらうのだから、お供は必要ないと思うのだけれど。

首をひねる私に、ジルさんは柔らかく微笑する。

「ハイド先生のお部屋までお送りして、帰りはお部屋までお迎えにあがります。決してお一人で室外に出られませんよう」

……大変だ。旦那様の過保護が加速している。

やっぱりヴィンスさんの言う通り、魔力を貰った相手がリオ君であることは秘密にしておこう。固く心に誓い、ジルさんと共に馬車へと乗り込んだ。

「――奥方様。ご迷惑でなければ、どうぞこちらをお持ちくださいませ」

馬車の中、ジルさんがごそごそと紙箱を取り出す。はにかむジルさんを不思議に思いつつ、ぱかりと箱を開けてみると、黄金色に焼き上がったお菓子が入っていた。

「わっ、美味《おい》しそう！　ありがとうございます！　ジーンさんとおやつにしますねっ」

手を叩《たた》いて喜ぶ私に、ジルさんはますます照れたように笑う。実は、と頬を掻《か》いた。

「わたくしが焼いたのです。……いつか、王都で小さなカフェを開くのが夢なのですよ」

「ええっ？　すごーい！」

驚いて、もう一度まじまじと焼き菓子を観察する。

ふっくらした焼き菓子は、表面もなめらかでひび割れひとつない。ほれぼれする出来栄えで、とても素人技とは思えなかった。

「絶対、絶対叶《かな》いますよ！　今日のおやつが楽しみ……！」

はしゃぐ私を見て、ジルさんは嬉しそうに目元を赤くする。

それからカフェ談議に花を咲かせているうちに、馬車が大学へと到着した。一昨日来た道をジルさんと二人で辿《たど》り、ジーンさんの研究室をノックする。今日はすぐに反応があった。

「いらっしゃいミアちゃん！　待ってたよー……ん……」

扉を開け放ったポーズのまま、ジーンさんが呆《ほう》けたように動きを止める。ジルさんを見つめ、ぶわわわわ、と一気に頬を赤く染めた。

「お久しぶりでございます、ハイド先生。奥方様の事、どうぞよろしくお願いいたします」

「ハ、ハイッ！　モチロンデス！」

「よろしければ、こちらをお召し上がりくださいませ。ほんのお口汚しでございますが」

「マ、マアッ！　嬉シイワァ！」

顔どころか耳や首まで真っ赤にして、ジーンさんはカクカクとロボットのような動きを繰り返す。私が唖然《あぜん》としている間に、ジルさんは優雅に一礼して退出してしまった。

部屋に入ると、ジーンさんはへなへなと床に座り込む。ああっ、そこホコリがっ！

ぐいぐい腕を引っ張って立たせようとする私を、ジーンさんはでれっと笑って見上げた。

「不意打ちだったから緊張しちゃったぁ！　ジルさんてば相変わらず素敵だねっ？」

……へ？

ジルさんは確かに素敵な紳士だと思う。でも、ジーンさんのこの反応は……。

なんだか覚えがある気がした。孤児院の女の子達《たち》が、こんな風に顔を赤くして、きゃあきゃあ騒ぐのを何度も見た。

そう、それは――……

答えに辿り着き、私ははっと目を見開く。

「ジーンさんっ。さてはジルさんに恋してますねっ？」

「えっ……!?」

ジーンさんは絶句して、己の胸に手を当てた。驚愕《きょうがく》に目を見開いて、自問するように小さく呟《つぶや》く。

「……これが……恋……？」

勢いよく肯定しようとしたところで、再び研究室の扉がノックされた。口髭《くちひげ》を生やした、白髪のダンディな男性が入室してくる。

「ごきげんよう、ハイド先生。――おや、そちらの女性は……。例のお手伝いのかたですかな？」

「ハ、ハイ！　そうなんですぅ、学院長っ」

またも真っ赤になったジーンさんが、身をくねらせながら甲高い声で答えた。ダンディ紳士はふわりと微笑《ほほえ》む。

「そうでしたか。お邪魔して申し訳ない。お借りした本を返しに来ただけなので、すぐに退散しますよ」

言葉通り、重そうな本をジーンさんに渡すと、紳士はすぐに出て行った。

ジーンさんが息を弾ませて私を振り返る。その瞳は熱を宿して潤んでいた。

「……これも……恋……？」

「はっ、はい！　多分！」

ジーンさんは、二人の男性に同時に恋をしているのだ。

初恋もまだの私には、その心境は想像すらできない。ドキドキと胸を高鳴らせていると、またも扉がノックされた。

今度は、五十代くらいの苦み走った男性が入室してくる。

「――失礼、ハイド先生。明日の早朝会議、忘れないよう注意してください。……全く。あなたときたら、毎回遅刻するのですから」

言葉は厳しいが、ふっと苦笑しながら告げる彼に、ジーンさんは「ハイ、気をつけますぅ……」とうっとり呟いた。

苦み男性が退出すると、ジーンさんはカタカタと震えながら私を見つめる。

「……そして、これもまた恋……っ？」

「違うと思います」

私はきっぱりと否定した。

ジーンさんがときめくのは、みんな年配のステキ紳士ばかり。

――つまりそれって、単なる好みのタイプかと！


「そっか～。あたしってば年上好きだったんだぁ。意外や意外」

他人事《ひとごと》のようなジーンさんの台詞《せりふ》に、箒《ほうき》で床を掃きながら転びそうになる。

……や。単なる年上好きじゃなく、「すっごく」年上好きなんだと思いますよ？　だってどう見ても、ステキ紳士達と三十歳以上離れてたし……。

苦笑する私をよそに、ジーンさんはのほほんと頬杖《ほおづえ》をつく。

「そういや、後からリオも顔を出すって言ってたよ。お菓子はその時食べよっか」

「はいっ。……あの。この間、私がリオ君から魔力を貰った件、なんですけど……」

恐る恐る口に出すと、「ああ」とジーンさんは苦笑した。

「ヴィンスからすごい形相で口止めされちゃった。よくわかんないけど、任せて任せてっ。リオもあたしも口は堅いから！」

「…………」

リオ君はともかく、ジーンさんは大丈夫かなぁ……？

そこはかとなく不安になりながら、魔力譲渡の件自体はもう告白してしまったこと、リオ君の名前だけは教えていないことを説明する。

ジーンさんは驚いたように目を丸くした。

「相手が誰なのか知りたがったの？　あのシリルが？　珍しいこともあるものね～。基本、他人に興味のない男なのに」

よっぽどミアちゃんのことが大切なのね。

小さく呟いたジーンさんの言葉に、またもつんのめって転びかける。一気に頬が熱くなり、焦ってわたわたと腕を振った。

「そ、そんなこと……！」

「あはは、ミアちゃんてば顔真っ赤～」

ニヤニヤとからかわれ、ぷっとむくれる。

それから二人同時に笑い出し、私はまた床掃除に集中した。箒で集めたゴミとホコリを、ハンディ掃除機でガガッと吸い取る。

「……ね、ふと思ったんだけど。ミアちゃんって、もしかして魔石に充塡した魔力も消せちゃうのかなぁ？」

仕事の手を止めたジーンさんが、興味津々といった顔で私を見つめた。

問われた意味が一瞬わからず、私はぱちくりと目を瞬かせる。考え考え、口を開いた。

「そんなことない、と思いますけど……。私が魔石に触ったせいで魔動製品が動かなくなった、なんてことは今までなかったし」

「そりゃ、触るだけじゃ無理よ！　魔石に魔力を補充するのだって、しっかり念じないと駄目だもの。――要は、大切なのはここ」

言いながら、人差し指で自分の頭をコツコツ叩く。

「イメージよ。生活魔法には、元素魔法と違って難解な理論は必要ないの。ミアちゃんには魔力がないから魔法は使えないけど、魔力操作だけならできるかもしれないじゃない」

自分で自分の説に納得したように、ジーンさんは深々と頷いた。勢いをつけて立ち上がると、私の腕を引っ張り椅子に座らせる。

「さっ、試してみて。まずはこの掃除機で構わないわ」

「……えぇと……？」

うきうきとハンディ掃除機を指し示され、私は必死に思考を巡らせた。

――これは、魔動製品。人じゃない。

でも、掃除機の魔石に魔力を込めたのは、旦那様以外の誰かなわけで。

うん、と私は心に決める。

「駄目です、ジーンさん。シリル様以外と魔力のやり取りはしないって、昨日約束したんです」

「ええ～っ!?」

きっぱり断る私に、ジーンさんは至極残念そうな声を上げた。なんとか説得しようとしてきたけれど、私が揺るがないと悟ると、渋々納得してくれた。

納得してくれたものの、彼女は頬を膨らませてジタバタと手足を暴れさせる。

「ううう、残念――！」

「何が？」

「うわビックリしたぁ!?」

思わず飛び上がる私とジーンさんに、闖入者《ちんにゅうしゃ》がきょとんと目を丸くした。

窓から吹く風に、砂色の髪をサラサラとなびかせたリオ君だ。またもナチュラルに部屋に入って来ていた彼に、私達二人とも全く気付かなかった。……なんか、リオ君って猫っぽいかも。

胸を押さえる私とジーンさんを等分に見比べて、リオ君はふわりと微笑んだ。

「お茶を持って来たから休憩にしようよ。あ、窓閉めていい？」

お盆に載せた保温ポットとカップをジーンさんに手渡し、リオ君は開け放った窓を閉めて回る。

慌てて私も手伝った。

執事のジルさんお手製の焼き菓子を並べて、おやつの時間スタートである。

ジーンさんはお菓子をほおばると、にへらと頬を緩ませた。もぐもぐ咀嚼《そしゃく》し、幸せそうなため息をつく。

「あああ、美味しい……！　しかもジルさんの手作り……尊い……！」

「うんうん、本当に。……ところでジルさんって誰？　姉さんの言動から察するに、白髪の似合う素敵な紳士？」

ジーンさん、見抜かれてるなぁ。

私も人のこと言えないけれど、ジーンさんも大概わかりやすいのかも？

くすくす笑いながら、私達は雑談に花を咲かせる。魔力譲渡の件をリオ君にも念押しすると、

「もちろん。僕も殺されたくないからね」と苦笑された。……や、殺されませんてば！

話がいったん落ち着いたところで、そういえば、とリオ君が首を傾《かし》げた。

「姉さん、さっきは何を残念がっていたの？」

「そうそう！　それがね、実は――……」

飛びつくように身を乗り出したジーンさんが、先程の仮説を熱く語ると、リオ君はじっと考え込んだ。思考をまとめるように虚空を見つめる。

ややあって、ぽんと手を打った。

「――つまり、魔法士団長の魔力なら問題ないんだよね？　なら、彼を相手に試せばいいじゃない」

人好きのする笑顔で提案するリオ君を、啞然として見返す。試すって……何を？

首をひねる私をよそに、ジーンさんがきらきらと瞳を輝かせた。

「そっか、確かに！――あのね、ミアちゃん。今度から、シリルがミアちゃんに魔力を渡すんじゃなくて、ミアちゃんがシリルの魔力を吸い取ってみない？」

「ええええっ？　そんなことできます!?」

「だから、それを試すのっ。お願い、学者の好奇心がうずくのよぉ！」

手を合わせて拝まれ、私はうぅんと頭を抱える。

相手が旦那様であるならば、試すこと自体は問題ない、はずだ。

――でも。

従姉弟《いとこ》コンビをチラリと見やる。二人とも、期待に満ち満ちた瞳で私を見つめていた。

（……失敗したら、がっかりさせそう……）

思わず苦笑いしてしまう。

それでも、もし私が魔力を吸えるようになれば、旦那様もわんこそばタイムが楽になるかもしれない。試すだけならタダというものだ。

心を決めて、勢いよく立ち上がった。

「――わっかりました！　駄目で元々、挑戦してみます！」

ガッツポーズで請け合うと、二人ともわっと拍手する。

早速今夜から、魔力吸収の実験を開始することになった。

◇

「――と、いうわけでっ。今日は私がやってみてもいいですか!?」

「それは、別に構わんが……」

旦那様が眉をひそめて答える。

無事に同意が得られたので、意気揚々と旦那様の左手を握った。

ジーンさんとリオ君から簡単な注意事項だけ聞いている。期待に胸を高鳴らせつつ、表面上は真面目くさって旦那様の顔を覗《のぞ》き込んだ。

「いいですか？　シリル様は何もしたらいけません。手先に魔力を込めるのも駄目。あくまで私が、シリル様の魔力を奪うんです」

「わかった」

旦那様も真剣な表情で同意する。

私はひとつ頷くと、すうっと深呼吸して目を閉じた。

（……集中、集中……！）

旦那様の魔力を吸い取るのだ。

そう、私は掃除機になるッ！

部屋の片隅に残ったチリひとつ逃さない、鬼の吸引力を誇る掃除機よ……！

むむむと眉間に力を入れて念じるうちに、ふと熱心な視線を感じた。

不審に思って目を開けた途端、旦那様のどアップが目に入る。湖面を思わせる碧眼《へきがん》の瞳で、至近距離から静かに私を見つめていた。

「――うっひゃああっ⁉」

一気に全身が熱くなり、慌てふためきながら顔を離す。

旦那様はそんな私を見て、からかうように目を細めた。……こっちは心臓がバクバクいっているというのに！

「もうっ、シリル様！　近いです、集中できません！」

「わかった」

文句を言うと、旦那様はまたも真顔で頷いた。仕切り直しの深呼吸をして、再び私はぎゅっと目を閉じる。

（……集中、集中……！）

…………

…………

…………

お、なんかいい感じ。

神経が研ぎ澄まされてきた。これぞ明鏡止水ってヤツですねっ？

――さあ、ここから一気に魔力を――……

つんつん。

ハッと目を開けると、旦那様が無表情で私の髪を引っ張っていた。だあっと私は脱力する。

「もうっ……もうっ、シリル様！　なんで邪魔するんですかぁ!?」

胸ぐらを摑《つか》まんばかりに抗議すると、旦那様は小さく首を傾げた。

「別に。俺の事は気にするな」

大真面目に告げる。

いやいや、気になりますよ！　すっごく邪魔ですよ!!

――それから。

必死で念じる私をよそに、旦那様は私の手を握り返したり、頭を撫《な》でたり。その都度私は集中を乱され、結局その夜の実験は失敗に終わってしまった。

……シリル様。

あなた、さては面白がってますね？

◇

二日後、ジーンさんの研究室にて。

成果が得られなかったことを申し訳なく思いつつ、彼女に実験結果を報告した。……旦那様がどれだけ邪魔だったか、身振り手振りで熱弁するというオマケ付きで。

「――それで、昨日はシリル様が仕事に行ってる間、ドライヤーの魔石から魔力を吸おうと試したんですよっ」

もちろん魔石に魔力を込めたのは旦那様だ。私は魔石に手をかざし、魔力を根こそぎ奪おうと頑張った。またも人間掃除機と化したのだ。

「……でも、失敗しました。多分」

「多分？」

振り上げた腕を虚《むな》しく下ろした私に、ジーンさんはこてんと首を傾げる。私は彼女に詰め寄らんばかりの勢いで頷いた。

「はいっ。そりゃあ最後には、ドライヤーは動かなくなったけど――」

魔力を吸おうと念じては、ドライヤーのスイッチを入れて確認する、ということを繰り返したのだ。これでは単に魔力切れを起こしただけなのか、魔力吸収に成功したのかわからない。

私の報告を聞いて、ジーンさんは難しい顔で考え込む。

「うぅん。……生活魔法は念じるだけでいいとはいえ、普通は物心つく頃には自然とできるようになるものだしねぇ。慣れないミアちゃんは、とにかく反復するしかないのかもしれないわ」

うーん、そっかぁ。

最初は軽い気持ちだったものの、だんだん私も本気になってきた。こうなったら、なんとしても魔力吸収を成功させたい。

二人してうんうん唸《うな》っていると、突然ジーンさんがぽんと手を打った。

「そだっ！　シリルの手じゃなくて、額から魔力を吸ってみたらどうだろう？」

……額？

きょとんとする私に、ジーンさんは熱心に頷く。膝に載るぐらいの小型サイズの黒板を取り出し、白いチョークで簡単な人間の図を描いた。

「魔力はね、血液のように全身を巡ると言われているの。こんなふうにね」

説明しながら、黒板の人間図にぐるぐると矢印を描き足す。

初めて聞く話が面白くて、私はぐっと身を乗り出した。興味津々に黒板を覗き込む。

「そして、魔力の中心は額にあるっていうのが定説なの。おでこは魔力を溜《た》めるコップって例えればわかりやすいかな？」

赤いチョークに持ち替えて、おでこの部分に色を塗る。ジーンさんは空いた方の手を、見せつけるようにひらひらと振った。

「対して、魔力操作に適しているのは手の方ね。だから人は手から魔法を使うのよ」

「魔力操作、ですか？」

よく理解できないでいると、ジーンさんは笑って掃除機の魔石に手をかざした。魔力を充塡された魔石が淡く光る。

「こんな感じね。前にも言ったけど、魔法を使う時に大切なのはイメージよ。きっと手の方がイメージしやすいんだと思うわ。生活魔法だけじゃなく、元素魔法だって手から放つでしょ？　目や口からじゃなく」

「…………」

それは、単に見た目の問題では？

目や口から魔法を放つ人がいたら怖いと思う。

うっかり想像してしまって笑いがこみ上げてきた。お腹を押さえながら、息も絶え絶えに首を縦に振る。

「わ、わかりました……っ。今夜から、シリル様のおでこに……触ってみることにします……っ」

ジーンさんは、得たりとばかりににっこり微笑んだ。

「うん、試してみて！……ところで、どうしてそんなに笑ってるの？」

「……な、ナイショですっ……！」

目からビームを発射する旦那様を想像してしまっただなんて、口が裂けても言えやしない。

震え続ける私の背中を不思議そうに撫でながら、ジーンさんは「にしても」とすべすべした眉間に皺《しわ》を寄せた。

「またシリルに邪魔されたら困るわよねぇ。まさか、シリルがそんな子供っぽい真似《まね》をするなんて。……あっ、いっそ縛りあげちゃったらどう!?」

「無理ですっ」

さも良いことを思い付いたと言わんばかりのジーンさんに、全力で突っ込む。

「……とにかく！　なんとか頑張ってみますっ。シリル様だって、そろそろ邪魔するのに飽きたかもしれないし」

言いながら、無いだろうなぁと心の中でこっそりため息をついた。

……だって。

ちょっかいを出す時の旦那様、すっごくイキイキしてたもんね？


無事にお掃除を終えて帰ったその夜、恒例のわんこそばタイムがスタートした。

額から魔力を吸うことを提案すると、旦那様は一瞬目を瞬かせた。

「ああ、額……。そうだな。魔力の源はそこにある」

納得したように頷いてくれたので、早速試してみることにする。旦那様の手を握る代わりに、片手を持ち上げて額にかざした。ぎゅっと目を閉じ、必死に念じる。

「…………」

旦那様は途中までは大人しくしていたものの、やがて飽きたのか、私の頭をぐしゃぐしゃとかき混ぜだした。……昨夜までと違って、両手とも自由なのが仇《あだ》になったか。

しかし、私は動じない。

今夜こそ魔力吸収を成功させたい私は、かつてないほどの集中力を発揮していたのだ。

そう、集中――……

できない!!

「――駄目だぁっ！　シリル様っ。この体勢、手が疲れます！」

だんだん腕がだるくなってきて、私はあえなく音を上げた。

これだったら、やっぱり手から吸った方がいいのかも。いやでも……と迷っていると、旦那様が私の頭にぽんと手を置いた。自らがボサボサにした私の髪を、手櫛《てぐし》で丁寧に整えてくれる。うん、猿の親子かな？

されるがままだった私は、はっと打開策を思い付いた。ぱしりと旦那様の手を掴み、目を輝かせて彼を見上げる。

「シリル様！　私の膝に寝てくださいっ」

旦那様はコキンと固まった。

……あれ。もしや伝わらなかった？

私はベッドに座り直し、自分の膝をぽんぽんと叩く。

「ここに寝るんです！　その方がやりやすいから！」

「……は？」

茫然《ぼうぜん》とした旦那様が、ぽつりと言葉を落とす。焦《じ》れた私は、ぐいぐいと旦那様の腕を引っ張った。

「さぁ早くっ。実験のためですよっ」

「…………」

なぜか旦那様は顔を強《こわ》ばらせ、ためらうようにゆっくりと私の膝に頭を乗せた。ぎくしゃくと四角ばった動きだった。

内心首を傾げたけれど、今優先すべきは魔力吸収である。大きく深呼吸して、再び旦那様の額に手をかざす。

「……シリル様。目、閉じません？」

カッと目を見開いた旦那様の顔が怖すぎる。

恐る恐る促すと、旦那様は素直に目を閉じてくれた。しかし、その眉間には皺が寄っていて、深く苦悩しているかのような顔をしている。もしくは苦痛を感じているような顔。……拷問じゃないんですけど？

とんだ濡《ぬ》れ衣《ぎぬ》にむくれつつ、私もそっと目を閉じる。

膝に乗せた旦那様の頭が、いい感じに集中力の重石《おもし》となった。凪《な》いだ心で、静かに念じる。

かざした手の指先から、すうっと何かを吸い込んだ気がした。はっとして目を開けると、旦那様も驚いたように目を瞬かせている。勢いよく体を起こし、真剣な瞳で私を見つめた。

「……今」

「はいっ。うまくいきました……よね？」

嬉しさに頬を緩める私に、旦那様もふっと目を細める。しかしすぐに無表情に戻り、私の肩を抱いて引き寄せた。

「実験終了だな。――いつも通りの方法に戻すぞ」

言うなり自らの手に魔力を込め始めた旦那様に、慌ててぶんぶんと首を振る。腕でバッテン印を作ってガードした。

「待って待って！　感覚を忘れないうちに、もう一回やりたいです！」

「……なら、手から――」

「手じゃ駄目っ。額で成功したんだもん。額からやりたいんです！」

「…………」

旦那様は、なぜか苦虫を嚙《か》み潰したような顔をした。

それでも、唇を尖《とが》らせる私が引かないとわかると、無言で頷いてまた膝に頭を乗せてくれた。

うきうきする私とは対照的に、旦那様はやはりツラそうな表情をしていた――

「と、いうわけで！　魔力吸収、見事に成功しましたぁっ」

「おおおお、すっごぉい！　つまり、魔力がなくても魔力操作は可能ってことね!!」

はしゃぎながらハイタッチを交わす私とジーンさんを、リオ君が一言も発さずに眺めていた。隣のヴィンスさんは、がっくりと肩を落として俯《うつむ》いている。

「……ちょとっ。リオもヴィンスも、なんでそんなに暗いのよ？　役に立つかどうかは別として、新たな発見には違いないじゃないっ。学問とは、無駄を積み重ねながら進歩していくものなのよ!?」

噛みつくジーンさんに、リオ君は顔色を悪くしながら小さくかぶりを振った。

「……や、魔法士団長のその時の心境を思うと……。同情を禁じ得ないっていうか……」

何が？

きょとんとしてジーンさんと顔を見合わせていると、顔を伏せたヴィンスさんから「ごふぇ」だか「ぐぶぅ」だかいう奇声が漏れた。……断末魔かな。

実験成功から一夜明け、ジーンさんの研究室である。

今日はお掃除の日ではなかったけれど、一刻も早く実験結果を伝えたくてお邪魔したのだ。休日で我が家に遊びに来ていたヴィンスさんも付き合ってくれた。

「……っていうかさ。ミアちゃんは膝枕とか平気なの？　ヴィンスさん発ジーン姉さん経由で聞いちゃったけど、魔法士団長とは契約関係なんだよね？　本当の夫婦どころか、恋人ですらないって聞いたけど」

眉をひそめて問うリオ君に、私は思わず首を傾げた。平気かって聞かれても……。

「契約関係でも、私と旦那様は家族だもん。だったら膝枕ぐらい普通だよー」

孤児院ではよく幼い子供達に膝枕をしてあげていたものだ。まだまだ親が恋しい年頃の子達にとって、私は優しいお姉さんだったのだ。

得意気に説明する私に、リオ君は「うっわ子供扱いかぁ」とげんなり呟いた。

「ま、いいんじゃない？　ヴィンスとミアちゃんから聞く限り、最近のシリルって退行してるみたいだし。食堂を凍らせただのヴィンスの頬をつねっただの、ホント笑っちゃったわよ」

ジーンさんがお茶を飲みながら呑気《のんき》に返すと、それまで黙り込んでいたヴィンスさんが顔を上げた。その顔は真っ赤で、口元がヒクヒクと引きつっている。

「そうそう、そうなのよっ！　あの万年無表情男が、ミアが絡むと予想外の動きをするから可笑《おか》しくって――」

勢い込んで話すヴィンスさんに、首をひねりつつ視線を向けた。私と目が合った瞬間、ヴィンスさんがブフォッと噴き出す。

「ひっ……膝枕……っ。しかも、手は出せないっ……！　なにソレ何の拷問!?　うぷぷぷぷぷっ!!」

「…………」

意味のわからないことを言いながらひいひい大爆笑するヴィンスさんに、むうっと唇を尖らせた。なぜかリオ君まで沈痛な面持ちで頷いてるし。

……なんか、私の膝枕に対する暴言酷《ひど》すぎません？

ジーンさんとリオ君に暇《いとま》を告げて、私とヴィンスさんは研究室を後にした。

秋の風に吹かれながら校庭を散策すると、木々が美しく色付いているのに気が付いた。綺麗《きれい》なオレンジ色の落ち葉を発見し、拾い上げてまじまじと観察する。何枚か集めて懐に入れると、ヴィンスさんが不思議そうに首を傾げた。

「そんなもの拾ってどうするの？」

「乾かして栞《しおり》にしようかなって。シリル様、よく本を読んでるから」

にぱっと笑いかけると、ヴィンスさんは虚を衝《つ》かれたように黙り込んだ。左胸に手を当てて、

「うぅっ、穢《けが》れた心が浄化されるぅ〜！」とわざとらしくヨロけてみせる。何ですかそれ。

「ヴィンスさんにもあげましょうか？」

「ヤメテ。アタシマダ死ニタクナイ」

……どうやら、私の栞には人を呪い殺す力があるらしい。

今日は私への誹謗《ひぼう》中傷がひどすぎる。頬を膨らませていると、背後から私を呼ぶ声が聞こえた。ぱっと振り返ると、女の子が一直線に駆けてくるのが目に入った。弾丸のように私の胸に飛び込んでくる。

「――ミア姉様っ！」

「アビーちゃん!?」

はあはあと息を切らせて、アビーちゃんが満面の笑みで私を見上げる。頬を紅潮させ、その瞳はきらきらと輝いていた。

「うぅっ、相変わらず可愛《かわい》すぎ……！　浄化されるぅ〜！」

でへへと悶《もだ》える私に、アビーちゃんは恥ずかしそうに微笑する。蜂蜜色のふわふわ頭をナデナデしていると、「ごきげんよう」と鈴を転がすような声が聞こえた。

「あっ、エマさん！　こんにちはー！」

エマさんも相変わらずの色白美人だった。胸元に大きなリボンの付いた、お洒落《しやれ》なコートがお似合いですぅー！

可愛い姪《めい》っ子とお洒落美女に囲まれて、私は有頂天でヴィンスさんを振り返る。

ヴィンスさんもさぞかし興奮しているだろうと期待していたら――……。

意外にも、彼は無反応だった。

というか、旦那様ばりの無表情で動きを止めている。その顔色は、まるで幽霊に遭遇したかのように血の気を失っていた。

「……ヴィンスさん？」

恐る恐る声をかけると、ヴィンスさんはハッとしたように息を呑《の》む。

「――あ、ああ失礼。まさかこんなところで王女殿下とお会いするなど、驚いてしまいまして……」

取り繕うように口調を変えて、跪《ひざまず》いてアビーちゃんの手を取った。

「失礼いたしました、アビゲイル殿下。魔法士団所属、ヴィンセント・ノーヴァと申します」

「は、はい……。初めまして……」

アビーちゃんがはにかみつつ答えると、エマさんがふわりと前に出た。スカートをつまんで優雅にお辞儀する。

「姫様の側仕《そばづか》えを務めております、エマ・ライリーと申します。ふふっ。よろしくお願いいたしますわね、ヴィンセント様？」

「……ええ、こちらこそ。ライリー嬢？」

にこにこにこ。

「…………」

気のせいかな。

二人とも笑顔の割に、ブリザードが吹き荒れているような……？

硬直していると、アビーちゃんも何事か感じ取ったのか、怯《おび》えたように私の後ろに隠れた。慌てて彼女の顔を覗き込む。

「ところで、アビーちゃんはどうして王立学院にっ？　私達はお友達に会いに来たんだけどっ」

「……あ……。わたしは……見学に、来たの」

「姫様は初等科への編入を考えておられますの。国に戻られたばかりでしたから、今までは家庭教師を呼んでいたのですけれど」

俯きがちに答えるアビーちゃんの言葉を、エマさんがにっこり笑って引き取った。アビーちゃんはコクリと唾を飲み込み、意を決したように顔を上げる。

「王立学院に通ってるのは、貴族だけじゃないから。いろんなお友達ができるかもしれないし、たくさんお勉強もしたいし……」

「そっかぁ。きっと、アビーちゃんなら大丈夫だよっ」

前を向いて頑張るアビーちゃんを応援したくて、おどけたようにガッツポーズを作ってみせた。アビーちゃんも嬉しそうに頬を緩める。

エマさんは愛《いと》おしそうにアビーちゃんを眺め、頬に手を当てて可愛らしく微笑んだ。

「ミア様のおっしゃる通り、きっと大丈夫ですわ。生ゴミ息女共には学院に通える学力がありませんもの。奴《やつ》らが学院の貴族枠にすら満たない阿呆《あほう》で幸いでしたわ」

相変わらず、毒舌でいらっしゃる……。

何と返すべきか迷っていると、突然隣から押し殺したような笑い声が聞こえた。口元を押さえたヴィンスさんが、あたかも今気付いたというように「おや、失礼」と眉を上げる。

「一瞬、淑女に相応《ふさわ》しくない単語が耳に入った気がいたしまして。――いえ、きっと聞き間違いでしょう。まさかそんな、汚らしい言葉を使われるはずがありませんし……」

小馬鹿にしたようなヴィンスさんの台詞に、私は完全に思考が停止する。アビーちゃんも目をまんまるにして固まってしまった。

対してエマさんは、気にしたふうもなくおっとりと小首を傾げた。

「相応しくない……ですか。ふふっ。女は女らしく、というわけですのね。――ヴィンセント様。僭越《せんえつ》ながら、心よりお見舞い申し上げますわ」

「……見舞い？」

低い声で問い返すヴィンスさんに、エマさんはふんわりとお辞儀を返す。

「ええ、お見舞いです。『女はかくあるべき』という旧弊《きゅうへい》に凝《こ》り固まり、己で考えることを放棄した、憐《あわ》れで愚かな空っぽ頭への。うふふ、その頭はお飾りなのかしら。振ったらカラコロ音がしそうですわね」

ヴィンスさんの頬に、みるみる血が上る。

私は素早くアビーちゃんを引っ摑み、二歩三歩と彼らから距離を取った。その瞬間、ヒクヒクと震えていたヴィンスさんが爆発する。

「――だぁれが空っぽ頭ですってぇっ!? しかも言うに事欠いて、このアタシを旧弊呼ばわりとはいい度胸じゃないっ!!」

「あらまぁ。なんて男らしくない言葉遣いですの」

「ハッハー！　アンタ、男は男らしくとか、旧弊に囚《とら》われちゃってるんじゃなぁい!?」

「二番煎じは見苦しいですわよ。独創性の欠片《かけら》もない男ですこと」

「……ちっ、ちょっと待って二人とも！　喧嘩《けんか》はやめましょうよっ」

アビーちゃんを放し、白熱する二人の戦いに割り込んだ。もっと早くに止めるべきだったのかもしれないが、口を挟む隙がなかったのだ。

ゼーハー息切れするヴィンスさんの背中を撫でていると、エマさんが軽やかな笑い声を立てた。

「ふふっ。今日もわたくしの勝ち。これで三十三勝ゼロ敗ですわね」

「……へ？」

えぇっと、つまり……？

「ヴィンスさんとエマさんって、知り合いだったんですかぁっ!?」

人気《ひとけ》のない校庭に、私の素っ頓狂な叫び声が響き渡った。

◇

「拾ってきた葉っぱは、まず表面の汚れを拭き取ります。アビーちゃん、好きな葉っぱを選んでねっ」

綺麗に色付いた葉っぱは、まるっとした形で愛らしい。アビーちゃんは真剣な表情で一枚一枚手に取って、しげしげと吟味している。

可愛いなぁ、となごみながら、不穏な空気を放っている二人にチラリと視線を移す。しかめっ面のヴィンスさんに対して、エマさんは平常通りのふんわり笑顔。だが、ギスギスした空気は間違いなくエマさんからも発生していた。

「えっと……。ヴィンスさんとエマさんも選びます?」

恐る恐る尋ねると、ヴィンスさんは紅茶のカップをソーサーに戻し、憎々しげに私を睨《にら》んだ。

「フン。結構よ」

「あら、わたくしは喜んで」

「クッ、ならアタシが先に選ぶわ!」

「…………」

あれから。

王立学院の校庭で延々と睨み合う二人に、拝み倒して我が家に来てもらったのだ。

授業中の生徒さん達が興味津々で窓から見物していたし、あのままだと確実に授業妨害になっていただろう。

屋敷への帰途、集めた落ち葉を栞にするのだと自慢したら、アビーちゃんが興味を持ってくれた。

帰り着いてすぐ応接間に移動して、栞作りを開始したのだ。

「――ミア姉様っ。わたし、これにしますっ。色が一番きれいだから！」

アビーちゃんが頬を上気させ、小ぶりの葉っぱを得意気に示した。うんうん、と私はでれでれ頷いて、彼女の頭を撫で回す。

「じゃ、次はお二人が――」

「アタシはこれにするわっ！」

私が言い終わらないうちに、ヴィンスさんがパーンッと葉っぱを選んだ。おおっ、カルタ女王⁉

対照的に、エマさんはおっとりと手を伸ばす。いくつか見比べてから、「これにしますわ」と中ぐらいの葉を選び出した。

ヴィンスさんはニヤリと笑うと、得意気に自身の選んだ葉を見せびらかす。

「フン、アタシの葉っぱが一番大きいわっ」

「でも、虫食いがありますわ。いかに図体《ずうたい》だけ大きくとも――……」

いったん言葉を切り、ヴィンスさんの手の中の葉っぱと、ヴィンスさんの顔とを意味ありげに見比べる。

「瑕疵《かし》があっては、ねぇ。……あら、ごめんなさいませ。勿論《もちろん》、落ち葉のお話ですわ？」

「………」

さて、私は余った中からこれにしよう。

ぷるぷる震えるヴィンスさんを見ないようにしながら、私も自分の葉っぱを確認する。

ヴィンスさんのほどは大きくないけれど、虫食いひとつない立派な葉っぱである。ほっと胸を撫で下ろした。

「奥方様。アイロンをお持ちしました。それと、古雑誌と当て布ですね？」

「わっ、ありがとうございます！」

執事のジルさんにお礼を言って、早速アイロンのスイッチを入れる。魔力は充分だったようで、アイロンはすぐに温まりだした。

「古雑誌は、アイロン台の代わりにしまーす。薄い布で葉っぱを挟むようにして……」

低温のアイロンをそっと押し当てて、葉っぱの状態を確認する。そしてまたアイロンを当てて、少しずつ葉っぱを乾燥させた。

「――はいっ、これで冷ましたら出来上がりです！　分厚い葉っぱだから、このままで丈夫な栞になると思うよー」

アビーちゃんは真剣な表情で頷くと、緊張したようにアイロンを持ち上げる。エマさんがさっとアビーちゃんに寄り添った。

「姫様。やけどに注意してくださいな」

「う、うん……」

アビーちゃんのことはエマさんにお任せして、私はそっとヴィンスさんの隣に移動する。顔を覗き込むと、ヴィンスさんは物憂げなため息をついた。

「……ゴメンね。態度悪くって」

「ううん、そんなのはいいんですけど。……ヴィンスさん、大丈夫？」

「んーん、あんまし。クソ親父《おやじ》のことを思い出して、暗い気持ちになってるわ」

……クソ親父？

首を傾げる私に、ヴィンスさんはふっと苦笑する。

「アタシの生家……ノーヴァ伯爵家は、ノーヴァ流っていう剣術を使う武の家柄なの」

「ええええっ!?」

初耳情報に絶叫すると、ちょうどアビーちゃんの栞が完成したところだった。アビーちゃんからアイロンを受け取ったエマさんが、私達を見てにっこりと微笑む。

「そしてわたくしは、小太刀を使う流派を生み出した、ライリー男爵家の生まれですの。同じ武に生きる貴族として、ノーヴァ伯爵家とは昔から交誼《こうぎ》を結んでおりましたのよ」

「へぇぇ……」

エマさんと小太刀という意外な組み合わせに、思わず感嘆の吐息をついてしまう。

エマさんはさっさとアイロンを使うと、「ヴィンセント様の番ですわ」とアイロンを差し出した。

ヴィンスさんが渋々と立ち上がる。

場所を譲ったエマさんとアビーちゃんが、私の近くに移動してきた。

「……我が家は年に一、二度、交流のためにノーヴァ伯爵領を訪れるのが慣例でしたの。ですから、ヴィンセント様とは幼少の頃より親しくしておりますわ」

「……親しく」

ま、まあ。喧嘩するほど仲がいいっていうもんね……？

苦笑いしていると、エマさんは低い声で何やら呟いた。聞き取れずに首を傾げる私に構わず、キッときつい目でヴィンスさんを睨みつける。

「十七の時、例年通りノーヴァ家を訪ねましたわ。ヴィンセント様はいらっしゃらなかった。……跡継ぎを放棄して、王都へ家出したんですわよね？　わたくしに一言もなく」

「な、なんでアンタに断らないといけないのよ」

しどろもどろになって反論するヴィンスさんに、エマさんは底冷えする視線を送った。振り切るように立ち上がると、ぽかんとしているアビーちゃんに優しく手を差し伸べる。

「姫様。栞もできたことですし、そろそろ王宮へ戻りましょう。――ごきげんよう、ミア様」

「はいっ。お気を付けてっ」

慌てて私も立ち上がり、直立不動の姿勢で二人を見送った。

扉を閉める直前、エマさんは射抜くような目でヴィンスさんを振り返る。

「――ご存じですか、ヴィンセント様？　愛と憎しみって、紙一重《かみひとえ》なんですって。ああ……。またお会いできて、とっても嬉しいですわ」

どうぞ、月のない闇夜にお気を付けあそばせ？

ふんわり笑顔で歌うように言い残し、扉は無情にバタンと閉まる。

衝撃に息をするのも忘れていた私は、バクバクいう心臓を押さえ、大興奮でヴィンスさんに駆け寄った。

「ヴィンスさんっ。今の、今の――愛の告白ってやつですよねっ？」

はしゃぐ私をヴィンスさんは真っ白な顔で見下ろした。唇をわななかせ、突如として爆発したようにわめき出す。

「ンなワケあるかぁぁぁっ!?　今のはどっからどう聞いても殺人予告よぉぉぉぉっ!!」

◇

「お帰りなさいシリル様！　今日、今日っ！　ヴィンスさんてば、なんと愛の告白をされたんですよっ」

「お帰りシリル！　大変よ！　アタシ……アタシッ！　なんと殺人予告されちゃったのよぉ!?」

旦那様は上着を脱ぎかけた手を止めて、胡乱《うろん》な表情で私とヴィンスさんを見比べた。しばし考えるように黙り込み、私を見つめて静かに頷く。

「……そうか。酔狂な人間も居たものだ」

「ちょっと待てぃっ！　なんでアタシじゃなくてミアを信じるのよッ!?」

ていうか、酔狂ってどういう意味!?

わめき出すヴィンスさんを押しのけて、私は「そうなんですっ」と旦那様に詰め寄った。興奮のあまり旦那様の手を握り、その時の状況を熱く解説する。

思いを伝えるだけ伝えて、返事も聞かずにそっと退出したエマさん。彼女は「再会できて嬉しい」と寂しげに微笑んでいた。けれど、その陰ではきっと涙をこぼしていたに違いない――……

「――って違ぁうッ！　あれは嘲笑《あざわら》っていたのよっ。アタシは確かに『殺《や》ったらぁ』っていう殺意を感じたわっ」

「私は愛情を感じましたっ」

「アンタに恋愛の何がわかる!?」

えー。私にだってわかるもんー。

ぶうとむくれていると、旦那様が私の頭をぽんと叩いた。無言で促されるまま、三人でぞろぞろと食堂へ移動する。

夕食はヴィンスさんの独壇場であった。

子供の頃から何度もエマさんと剣の稽古をしては負けたこと、口喧嘩《くちげんか》ですら勝てたためしがないこと、エマさんの口が悪いのは昔からであること。

身振り手振りで熱心に訴える。

「へぇぇ……。ヴィンスさんより、エマさんの方が強いんだぁ」

目を丸くする私に、旦那様がきっぱりとかぶりを振った。

「それは無い。ヴィンスの剣の腕は相当だ。手加減しただけだろう」

その内容にまた驚いていると、ヴィンスさんが嬉しそうに身をくねらせた。頬に手を当てて、でれでれと笑み崩れる。

「やぁだ、シリルってばぁ～。もっと褒めて～」

「…………」

旦那様は冷たい瞳でヴィンスさんを睨むと、私へと視線を戻した。

「よって、殺人予告は放置して問題無い。以上」

「ですねっ。そもそも愛の告白だったたし！」

「放置しないで!?　なんって友達甲斐《がい》のないヤツらなのッ!?」

頷き合う私と旦那様を絶望的な表情で眺め、ヴィンスさんがぎゃあぎゃあとわめき出す。軽く耳を塞ぎながら、私は小さく首を傾げた。

エマさんが怒っているのは、ヴィンスさんがエマさんに何も告げずに家を出たから。つまり、きちんと話していれば問題なかったわけだ。

「きっと、エマさんはちょっぴり拗《す》ねてるだけだと思うんです。今からでも話し合えば大丈夫ですよ！」

ヴィンスさんは思いっきり眉をひそめ、急に思い出したようにナイフとフォークを手に取った。

そのまま返事もせずに、猛然と食事を取り始める。

ありゃ～。

家出について、よっぽど話したくないのかな？

困り果てていると、旦那様が給仕の執事さんを呼び寄せた。小さく何事か命じると、執事さんは即座に美しいグラスをふたつ持って来た。真っ赤な液体をトクトクと注ぐ。

これってもしや――……

「お酒ですかっ？　シリル様、私もひとくち飲みたいです！」

「却下だ」

にべもなく断られた。

くうぅっ。前世と合わせたら、私だってもう成人してるはずなのに！

悔しがる私をよそに、旦那様とヴィンスさんは軽くグラスを持ち上げて乾杯する。さりげなく私も空のコップを持って参加してみた。華麗にスルーされた。

ヴィンスさんはグラスを口に運び、長い睫毛《まつげ》を伏せてため息をつく。たったひとくち飲んだだけで、彼はみるみるうちに真っ赤になった。瞳を潤ませ、苦しそうに顔を歪《ゆが》める。

「あぁ……っ。別荘で出会った王女殿下の側仕えが、『エマ』だと聞いた時点で気付くべきだったわ……！　ミアがあんまり褒めちぎるから、あの毒舌いじめっ子と結びつかなかったのよ……」

わあっと泣き伏すヴィンスさんを、旦那様が無表情に……もとい、面倒くさそうに見下ろした。

ヴィンスさんとは対照的にぐいぐい杯を重ねながら、おざなりな感じで口を開く。

「そもそも、なぜ家出した」

「もう何度も話したでしょっ！　家を継ぎたくなかったからよっ」

「なぜ継ぎたくない」

「剣術は好きだけど、一生の仕事にするほどの情熱はなかったから！　これも前に言ったわよ！」

旦那様の熱のない問いかけに、ヴィンスさんは泣いたり怒ったりしながらも律儀に答えていく。

（……なるほど）

私は二人の会話に黙って耳を傾けつつ、そっと旦那様の顔を窺《うかが》った。旦那様が小さく私に頷きかける。

私達の様子には気付かずに、ヴィンスさんは手酌でお酒をドボドボ注ぐ。全く顔色を変えない旦那様の尋問のお陰で、私にも事情があらかた飲み込めてきた。

ヴィンスさんは女ばかりが三人続いた後の待望の嫡男で、当主であるお父さんの期待を一身に受けて育ったという。

「とにかく、とにかく厳しいクソ親父だったわっ。良い思い出なんかひとつもありゃしないっ。強くあれ、逞《たくま》しくあれ、男は黙って丸刈りだー！ってアンタはハゲてるだけだろぉー！」

ヒック、としゃっくりしながらヴィンスさんは毒づいた。とうとう瓶からラッパ飲みを始めてしまったので、慌てて酒瓶を奪い取る。

ヴィンスさんは血走った目で私を睨むと、再び鼻をすすって泣き出した。

「兄弟子がいたのよ……。アタシよりも強くって、でも温厚で優しくって、他の弟子達からも人望があって……」

剣術への熱意が並々ならぬその兄弟子さんこそ、ノーヴァ流を継ぐに相応しい人物だとヴィンスさんは考えた。だが勿論、赤の他人が伯爵家を継げるはずがない。

「そんな時よ。兄弟子と、アタシのすぐ上の姉が好き合ってると知ったのは。……嬉しかったわ。彼が婿養子に来てノーヴァ伯爵家を継げばいい。それこそが、全員幸せになれる道だって――」

思ったものの。

ヴィンスパパ、案の定大激怒。

親子ゲンカはこじれにこじれ、ノーヴァ家の皿という皿が割れる事態となったらしい。

「……なんで、お皿が割れるんです？」

「ノーヴァ流には皿投げの極意もある」

こっそり問いかけた私に、旦那様が大真面目な顔で告げる。……絶対嘘《うそ》だ。最近わかるようになってきたんですからね？

「――と、いうワケで。アタシは十八の時に家を出たの。姉と兄弟子は結婚して子供も生まれたけど、クソ親父はいまだに納得してないわ。ノーヴァ伯爵家の跡継ぎは保留状態のままよ」

グラスに残ったお酒を一気に飲み干して、ヴィンスさんは完全に据わった目で締めくくった。

大体わかったけれど、残る疑問があとひとつ。

「……ちなみに、女言葉を使い出した理由は？」

上目遣いに尋ねてみると、ヴィンスさんは気取った仕草で髪をかき上げた。

「親父の崇拝する『男らしさ』の対極を追求した結果ね。しゃべり方だけじゃないわ。うるつや肌にサラサラ美髪、そして細やかさあふれる心ばえ――。フッ、アタシってば何て完璧美人なの」

聞けば、かつてのヴィンスさんは短髪ムキムキ、日焼けによる肌荒れも酷かったそうな。

家出はしたものの、ヴィンスさんは年に一度は休暇を取って里帰りしているらしい。お父さん以外の家族とは仲が良いし、お父さんに今の自分を見せつけるためでもあるそうだ。

当初は卒倒し血管が切れかけていたヴィンスパパも、年々美しくなる息子を前にして、だんだんと怒る気力も失《う》せてきたらしい。

「恐らく、陥落は近いわね。なんだかんだで孫は可愛がってるし」

クックックッと含み笑いするヴィンスさんに、心の底から感心して大きく拍手した。

世の中、粘り勝ちってあるんだなー。


結局、酔っ払ったヴィンスさんは我が家に泊まっていくこととなり。

私と旦那様は二人で部屋へと移動し、日課のわんこそばタイムを開始した。

旦那様は私の膝に頭を乗せ、落ち葉で作った栞を目の上に持ち上げて、物珍しそうに眺めている。

昨夜のように渋るかと思っていたら、意外にもあっさり横になってくれた。

これで案外旦那様も酔っぱらっているのかもしれない。顔色こそ全く変わっていないものの、部屋に入る時は軽くよろけていたし。

飽きずに栞を眺める旦那様の髪を軽く梳《す》き、深呼吸して集中する。少しずつ魔力を吸い取りながら、心配になって旦那様を見下ろした。

「シリル様。気分悪くないですか？」

「ああ」

無表情に返事をすると、旦那様は栞を傍らに置いて目を閉じる。そのまま、ためらうように口を開いた。

「――あいつが……。ヴィンスが、家出先に王都を選んだのは職を探すためだ。当座の生活資金を稼ぐため、王都に出てすぐ王宮の近衛兵《このえへい》に志願したらしい」

「……え？　でも、ヴィンスさんは大学に――」

言いかけたところで、はたと気が付く。

ヴィンスさんは十八で家を出て、大学で旦那様やジーンさんと出会った。そう聞いている……けれど。

「そういえば、大学って。お金がかかります……よね？」

小さく呟いた私に、旦那様は目をつぶったまま何も答えない。聞こえなかったのかともう一度尋ねようとした瞬間、旦那様が微《かす》かに首肯した。

「……王立学院は、特にな。ジーンは特待生だからともかく、普通は貴族や裕福な平民でなければ通えない」

と、いうことは。

お父さん以外の家族がこっそり援助してくれたのかな？　そうじゃなければ、学費どころかそもそも生活にすら困るだろうし。

首をひねって考え込んでいると、旦那様が再び静かに話し出す。

「ノーヴァ家は名門だ。だから、国王は……兄は、あいつを信用した。近衛兵ではなく俺の見張り役として採用して、あいつを大学に送り込んだんだ」

「——えええっ？」

旦那様は目を開けると、驚きの声を上げる私をじっと見上げた。手を伸ばし、私の髪を一房つまむ。

「あいつは酔えば口が軽くなるがな。それでも、口に出してはいけないことはわきまえている。——だから、俺も長いこと知らなかった。あいつが友人として側《そば》に居る事を……当たり前に、思っていたんだ。……兄に雇われていたなどと、想像すらしていなかった」

真実を知ったのは、一年ほど前のことだという。旦那様に注進してきた人物がいたらしい。

旦那様は無表情に私の髪をもてあそびながら、ぽつりとこぼすように呟く。

「——裏切られたと、思った」

「…………」

心臓がドクンと音を立て、旦那様の額に当てている私の手がカタカタと震えだした。

「……俺は、高等科の時に大問題を起こしたからな。兄が国王として、腕の立つ目付け役を置こうとしたのは間違っていない」

自嘲するように呟く旦那様が悲しくて、何か伝えなければと思うのに声が出せない。しゃべった途端、泣き出してしまいそうだったのだ。

代わりに、ぎゅっと目を閉じた。

――始まり方を間違えたんだもの。挽回《ばんかい》したいなら、せいぜい誠心誠意を尽くすことね。

契約を修正した時の、ヴィンスさんのあの言葉。

あれは旦那様にではなく、本当は自分自身に言っていたのかもしれない。

胸が鋭く痛み、浅い呼吸を繰り返した。震える体を叱咤《しった》して、ゆっくりと目を開く。涙を堪《こら》えて、旦那様の瞳を逸《そ》らさずに覗き込んだ。

「……たとえ始まりが、そうだったとしても。ヴィンスさんは絶対に、シリル様のことを大切に思ってます。優しくて、思いやりがあって……すごく、まっすぐな人だもん」

どうか、思いが伝わってほしい。

ヴィンスさんだけじゃなく――

人の好意に鈍感で、不器用で、感情表現が下手なこの人のことを、私だって大事に思ってる。

堪えきれずにこぼれた涙が、旦那様の頬に当たって落ちた。旦那様は不思議そうに目を瞬かせ、手を伸ばしてそっと私の涙をぬぐう。

優しい瞳で私を見上げた。

それは、まるで。

微笑んでいるかのようで――

「シリルさ――」

「そぉよッ!!」

突然音を立てて扉が開け放たれ、顔を真っ赤にしたヴィンスさんが転がり込んできた。肩で荒く息をして、顔を歪めて苦しげに旦那様を睨みつける。

「そりゃあ、最初は王命だったけどっ。アンタに付いて魔法士団に入ったのも、今まで友達付き合い続けてきたのも、全部自分がそうしたいと思ったからよ！　見くびらないで!!」

「…………っ」

息を呑む私をよそに、旦那様は体を起こして小さく首を傾げた。

「――知っている」

「だからっ、アタシは本当に――……はぁあ？」

頬を朱に染めていたヴィンスさんが、なんとも間抜けな声を上げる。衝撃に涙の止まった私も、唖然として二人を見比べた。

冷静なのは、ひとり旦那様だけだった。鋭くヴィンスさんを見据え、淡々とたしなめる。

「……人の部屋に入る時は、ちゃんとノックしろ」

だあっと私とヴィンスさんは崩れ落ちた。今突っ込むところそこですかっ？

ヴィンスさんがよろめきながら身を起こす。

「だったら、きちんと扉を閉めておきなさいよっ。隙間から会話が漏れてたから、ついつい聞き耳立てちゃったじゃない！」

激しく噛みついたかと思うと、途端に不安そうな顔に変わる。おどおどと視線を泳がせた。

「知ってるって……どういうこと？」

「……正確には、今日知った。王宮で兄と会って――」

ちらりと気遣わしげに私を見る。

「ミアとの結婚を、許した覚えは無いと言われた。……おかしいと、思ったんだ。ヴィンスは兄の意を受けて動いているはずなのに、ミアに関しては二人の言動が一致していない」

「当ったり前よ！　アタシはむしろ、アンタ達のこと応援してるし！」

旦那様を怒鳴りつけると、ヴィンスさんは堰《せき》を切ったように泣き出した。泣きながら、怒る。

「在学中は、確かに仕事としてアンタに付きまとってたけど……っ。卒業してから、ちゃんと陛下に話して命令を解いてもらったわ。だから、それからのことは、全部アタシ自身の意志なんだから！」

「……ああ」

「疑ってたなら、直接確かめてくれたら良かったのよ！　そしたら、アタシはちゃんと説明したわ！」

「……そうだな」

まくしたてるヴィンスさんに、旦那様はその都度静かに返事をする。

旦那様につられたのか、ヴィンスさんもだんだんと落ち着きを取り戻してきた。

荒い息を吐くヴィンスさんに頷きかけると、旦那様はゴロリと寝っ転がった。再び私の膝に頭を乗せ、ヴィンスさんから顔を背けて横向きに寝る。

聞こえるか聞こえないかの声で、呟いた。

「……悪かった。次に同じ事があれば、ちゃんと確かめるようにする」

「こんなことがそう何度もあってたまるかっ」

即座に突っ込んだ後、ヴィンスさんはぶはっと噴き出す。ごしごしと涙をぬぐって、真っ赤な瞳で晴れやかに微笑んだ。

「アンタに謝られたのなんて、初めてよ。――アタシも、悪かったわ。自分から話すべきだったのに、どうしても言い出せなくて……」

「……ああ」

旦那様は小さく答えると、話は終わりとばかりに目を閉じてしまった。もはや完全に寝る体勢である。

私は旦那様の髪を撫でながら、あることに気付いてこっそり笑う。

「……なんだ」

目が開いて、じろりと睨まれた。

体が震えたせいで、笑っているのがバレてしまったらしい。私はちろりと舌を出す。

「いえいえ。……今日、シリル様がいっぱいお酒を飲んでた理由。ヴィンスさんとずーっと友達だったってわかって、嬉しかったからかなぁって」

「………」

旦那様は絶句すると、みるみる目元を赤く染めた。言い返そうとするように口を開きかけ、結局何も言わずに閉じてしまった。憤然とした様子で目をつぶる。

私とヴィンスさんは顔を見合わせ、お腹の底から笑ってしまった。

ぐしゃぐしゃと髪をかき混ぜても、旦那様はぴくりとも動かない。意地になったようにたぬき寝入りを続けていた。

第四章　社交デビューにいざ出陣です！

二人のわだかまりが解け、初めて迎える爽やかな朝。

朝食の席で、旦那様とヴィンスさんは土気色のゾンビと化していた。

フォークすら手に取らない二人を尻目に、私はひとりモリモリと朝食を平らげる。初めて見る光景に興味津々で目を輝かせた。

「なるほど、これがいわゆる二日酔いってやつですねっ」

「怒鳴らないでッ、頭に響くッ!!」

……怒鳴ってないもん。

というか、今のヴィンスさんの方がよっぽど大きな声だったし。

むくれながら旦那様へと視線を移すと、彼は蒼白《そうはく》な表情で胃のあたりを押さえていた。えっ、大丈夫!?

慌てて背中を撫《な》でるけれど、旦那様は全くの無反応。例えるならこの世の終わりのような顔をしている。……二日酔いって大変なんだな。

額を押さえて俯《うつむ》いていたヴィンスさんが、半笑いの顔を上げる。

「ふ……ふふ……。シリルの二日酔いなんて初めて見たわ……。やっぱり、昨夜はかなり酔っていたのね。だって、アタシがいるのに膝枕――」

「黙れ」

ビシッと空気が冷たくなった。

「やめっ……。寒さで、頭痛に拍車が……。……ぐふっ」

ばったりとテーブルに倒れ伏してしまった。

寝るなぁーっ、寝たら死ぬぞぉーっ！

「──旦那様、ノーヴァ様。どうぞ、スープだけでもお召し上がりくださいませ」

執事のジルさんが気遣わしげな表情で、大きなマグカップをゾンビ達《たち》の側《そば》に置く。

ゾンビ二人はしばらく嫌そうにカップを眺めるだけだったが、再度ジルさんから促され、諦めたように手を伸ばした。スープを飲んだことで、二人の顔に少しずつ赤みが差してくる。

私はしかつめらしく彼らを見比べた。

「お酒は適量を守らないと駄目ですよっ」

「……いるのよね。飲んだことないくせに説教するヤツって……」

ヴィンスさんがいじけたように呟《つぶや》く。

あーあ、と大きく伸びをして立ち上がった。

「アタシ、そろそろ出勤するわ。ホントは病欠したいとこだけど、今日は休めないのよね……」

ため息をつき、私と旦那様にヒラリと手を振って行ってしまった。行ってらっしゃい、と見送って、私はきょとんと旦那様を見る。

「シリル様は、お仕事は？」

「……今日は、休みだ……。元からな……」

呻《うめ》くように、途切れ途切れに言葉を発する。

私は再び旦那様の背中を撫でながら、どうするべきかとしばし迷う。

本当は今日やりたいことがあったけれど、体調の悪い旦那様を置いていくのは気が引ける。明日にしようかと考え込んでいると、旦那様がじっと私の方を見ていた。

「……どこか、出掛けるか。二人で」

「や、駄目ですよっ。体調悪いんだから！」

慌てて旦那様を止めて、でも、と私は首を傾《かし》げる。

「今日じゃなくてもいいんですけど、なるべく早く買いたいものがあるんです」

「……なら、午後から行くぞ。それまでに、治す……」

言うなりカップを置いて立ち上がり、フラフラと食堂を出て行ってしまった。思わずジルさんと顔を見合わせる。

「……大丈夫ですかね？」

「旦那様がご無理の時は、わたくしでよければお供いたしますよ」

ジルさんからにこやかに告げられ、ほっと胸を撫で下ろした。

——よかった。思い立ったが吉日って言うもんね。

◇

「それで、何が欲しいんだ」

「ええと。欲しいのは私の物じゃなくて——あっ、シリル様！　あのお店に入りたいです！」

可愛《かわい》らしい雑貨屋さんを発見し、隣を歩く旦那様を引き止めて腕をぐいぐい引っ張った。

——午後。

宣言通り、旦那様の顔色は随分マシになっていた。どうやら午前中ずっと寝ていたらしい。

旦那様はそれでも心配する私を説き伏せて、一緒に王都で買い物をすることになったのだ。朝と違ってお昼はしっかり食べていたし、おそらく本当に大丈夫なのだろう。

「この鉛筆とかどうかな……。や、色鉛筆の方がいいかも。ううん、それとも筆箱……？」

雑貨屋さんでうんうん頭を抱える私を、旦那様が不思議そうに覗《のぞ》き込む。はっと気付いて顔を上げ、色鉛筆の箱を掲げてみせた。

「アビーちゃん、王立学院に編入するらしいんです！　今度の誕生日パーティで、どうせなら学院で使えそうなものをプレゼントしようかなって」

といっても、鉛筆はさすがに実用的すぎるかもしれない。でも、この色鉛筆は外箱もお洒落《しゃれ》だし、候補に入れておこうかな。

うきうきと計画を立てる私を見て、旦那様がためらうように口を開く。

「……プレゼントなら、ジルに用意するよう命じてあるが……」

「あ、これはミア叔母さん個人からなので！　使用人時代に貯《た》めたお金からだから、たいしたものは買えないけど。気持ちですから」

照れ笑いする私に、旦那様はふっと目を細めた。

「……別の店も見てみるか」

「はいっ、ぜひ！」

旦那様に肩を抱かれて雑貨屋さんを出る。ふと視線を感じて振り返ると、店員さんがあんぐりと口を開けて旦那様を見ていた。

（……うーん……）

思わず暗澹《あんたん》たる気持ちになってしまう。

想像していた以上に旦那様は王都で有名らしい。ここに来るまでの間にも、道行く人から何度も振り返られた。そして逃げ出すような勢いで道を空けられた。

怖い人じゃないのに、と唇を尖《とが》らせていると、旦那様が静かな瞳で私を見下ろす。

「平民にとって、王族など近付きたくもない相手なんだ。下手に関わって、厄介事にでも巻き込まれたら目も当てられない」

「……でも、シリル様は。皆を守ってくれる、魔法士団の団長なのに」

ぶすりと吐き捨てて道端の小石を蹴った私に、旦那様は小さく肩を震わせた。……んんっ!?

「──今っ！　笑いました!?」

「笑ってない」

即座に平坦《へいたん》な声音で否定された。

ええ～、絶対笑ってたと思うのに～。

納得できず旦那様の顔をつぶさに観察していると、ぐいっと頭を前方に戻された。

「ちゃんと前を向いて歩け」

「はぁい。……でもやっぱり、さっき笑っ」

「てない」

てないかー。

残念に思いながら、またてくてくと歩き出す。

とりあえず第一候補はさっきの色鉛筆だけれど、可愛いノートとかでもいいかもしれない。女の子は交換日記が好きだから。店を物色しながら、一方的に旦那様にあれこれ話しかけた。

ほとぼりが冷めたころ、またも旦那様の顔を見上げる。

「……でも本当の本当は、さっき笑っ」

「てない」

てないかー。そぉかー？

疑いを残しつつ、二人で色んな店をひやかして歩く。

やっと目的の物を見つけたのは、三軒目の雑貨屋さんでのことだった。

「――可愛いっ」

ベージュのフェルト生地で出来た、こぶし大くらいのクマのぬいぐるみ。首には鮮やかな赤のリボンを巻いている。

「いかがですか？　邪魔にならない大きさだから、玄関やリビングに飾っても素敵だと思いますよ」

店員さんが旦那様の方を見ないようにしながら、にこやかに薦めてくれる。……三軒目にして、ようやく話しかけてもらえたよ……！

熱心にぬいぐるみを観察する私を見て、旦那様が不審そうな顔をした。

「……それを、学院で使うのか？」

旦那様の言葉にはっとして、慌ててクマを棚に戻す。そうだそうだ、実用的なものを探していたんだった！

……でも、可愛い。アビーちゃんに似合いそう。

やっぱり諦めきれず、再びクマを手に取って思案する。

「うぅん……。……あっ、紐《ひも》を縫い付けて、キーホルダーみたいにしたらどうでしょう？　そしたら通学カバンに付けられるから！」

そういえば、こちらの世界ではぬいぐるみのキーホルダーは見たことがない。縫い物に自信はないけれど、アビーちゃんが持ち歩いてくれたら嬉《うれ》しいし、挑戦してみようかな。

よし、と大きく頷《うなず》いた。

「これにしますっ」

「はい、ありがとうございます！　そういうことでしたら、箱と包装紙は別にしてお付けしますね」

手芸屋さんの場所まで教えてくれた親切な店員さんに見送られ、上機嫌で店を出る。

隣を歩く旦那様をそっと見上げた。

朝みたいに顔色は悪くなさそうだけれど。

「シリル様、疲れてないですか？　たくさん付き合わせちゃってごめんなさい」

「別に構わない。……こんな風に王都を歩く事は無いからな」

私はきょとんと目を丸くする。

王都に来たばかりの私と違って、旦那様は王都で暮らしているのに。考え込んでいると、旦那様は胡乱《うろん》げに私を見下ろした。

「……俺が、雑貨店に縁があるとでも？」

「――ああ！　じゃあ手芸屋さんなんか、もっと縁がないですね」

思わずくすくす笑ってしまう。

旦那様と手芸屋さん、ミスマッチで面白いかも。

想像すると楽しくなってきて、旦那様の腕を早く早くと引っ張った。


「うわぁ、綺麗《きれい》な紐がいっぱい……！　どれにしようかな。リボンに合わせて赤い色？　シリル様、どれがいいと思います？」

「薄い色」

「シンプルがいいってことですねー」

旦那様の端的な返答にうんうんと頷く。

確かに主役はクマなんだし、紐は目立たない色の方がいいのかも。あれこれ悩んだ末に、淡い黄色の編み紐を選び出した。

「よろしければあちらの作業台をお使いください。お客様用に開放しているんですよ」

手芸屋のお姉さんから案内されて、小さな作業台へと移動する。針と糸も貸してくれるそうなので、早速紐を縫い付けることにした。

「………っ！」

ぷるぷるぷる。

最初の難関。

針に、糸が通らない……！

もたもたする私に痺《しび》れを切らしたのか、「貸してみろ」と旦那様が私から針と糸を奪い取った。

あっさりと糸を通してしまう。

「ありがとうございます！　じゃあ、早速紐を――」

紐を、紐を――

……どの辺に縫い付けたらいいですかね？

下手な場所に付けたら安定が悪くなりそうだ。失敗して、ぬいぐるみに穴だけ開ける事態は避けたい。

頭を抱え込む私を旦那様が呆《あき》れたように眺めた。クマを手に取り、目の高さに持ち上げる。

「……左右対称にする必要があるだろう。なら、この辺りで――」

「お願いしますっ。ハイ針と糸！」

己のチャレンジ精神よりも、出来上がりの美しさを取ることにした。つまりは、手先が器用そうな人に丸投げ。

断られるかと思ったが、案に相違して旦那様は真剣な表情でクマを見つめる。鋭く瞳を光らせて、一気に針を突き刺した。

「――おおおっ!!」

拍手する私の方は見ずに、旦那様は何度か針を往復させて紐をしっかりと縫い留める。紐を摑《つか》んでクマを持ち上げてみると、重心が傾くことなく見事な出来栄えだった。

旦那様は無表情に頷き、それから小さく首を傾げた。

「……で。この糸はどうすればいいんだ」

「あっ、玉止めするんです！　やり方は――……」

やり方は。

……私、自己流なんだよな。

最後の最後で失敗するわけにはいかない。困り果てていると、恐る恐るといった様子で手芸屋のお姉さんが近付いてきた。

「あのう……。玉止めは、まず……針を押さえまして……」

震え声で旦那様に話しかける。

なんて優しい店員さん……！

感動に打ち震える私の隣で、旦那様は店員さんの指示に従い、黙々と縫い物を仕上げていく。その横顔はやはり真剣そのもので、もしかしたら細かい作業が好きなのかもしれない。

微笑《ほほえ》ましく見守っていると、不意に店員さんの様子が変わっているのに気が付いた。

うっすらと口を開けて、熱のこもった眼差《まなざ》しで旦那様の横顔を見つめている。――なんか、見惚《みと》れてる……みたいな……。

「…………」

そう、だよね。

旦那様は格好良いし。出会った頃とは見違えるぐらい、顔色も肌荒れも良くなったし。今は縫い物に集中してて、なんなら可愛いくらいだし……。

でも。

なんか、こう。

（……胸が、モヤモヤする……）

さっきまで沸き立っていた気持ちが急にしぼんで、ぼんやりと二人を見比べた。

店員さんが隔てなく旦那様に声を掛けてくれるのは、本来喜ばしいことのはずだ。王族というレッテルで遠巻きにされていた旦那様が、王都の人々と交流できるようになれば、どんなに素晴らしいことだろう。

――それなのに、私はそれを喜べない。

最低最悪な結論に達して、自己嫌悪に陥ってしまう。

俯く私の隣で、玉止めに成功した旦那様が余分な糸をパチリと切り落とす。編み紐をつまみ、満足気にクマを持ち上げた。

「……できた」

そっとクマを近付けられ、私は慌てて意識をこの場に戻す。ぷらぷら揺れるクマが可愛くて、落ち込みながらも笑みがこぼれた。

「すごいですっ。さすがはシリルさ――……私の、旦那様」

……ん？

私……今、なんて言った？

我に返り、頬が一気に熱くなる。

ひゅっと息を吸い込むと、目を瞬かせる旦那様の腕を引っ掴み、勢いよく立ち上がった。

「――お姉さんっ。教えてくださってありがとうございましたっ。それでは失礼します！」

唖然《あぜん》としている店員さんに頭を下げて、逃げるように店を出る。さっきの発言が恥ずかしすぎて、バクバクいう心臓を押さえた。

あれじゃあ、まるで。

旦那様は私のだって……威嚇《いかく》、したみたいじゃないか。

（……って子供じゃないんだから！）

なんであんなこと言っちゃったんだろ！

うがぁと悶《もだ》える私を、旦那様が真顔で覗き込んだ。

「さすがは……何だと？」

「――ちゃんと聞こえてたくせに、聞き返さないでくださいっ」

自分でも顔が真っ赤になっているのがわかる。思いっきり睨《にら》みつけると、旦那様は面白がるように目を細めた。

「いや。全く聞こえなかった」

「もおぉっ！　言葉が勝手に口から飛び出したんですっ。なんだか変になってたんですっ！」

道行く人が何事かと振り返る中、激しく地団駄を踏む私であった。

◇

店員さんが持ってきてくれた水を一気に飲み干して、やっと人心地ついた。

大きく息を吐き、向かいに座る旦那様を頬杖《ほおづえ》をついて眺める。

あれから。

はっと気が付くと、私と旦那様の周囲には大層な人だかりができていた。野次馬の皆さんは一様に、好奇心を隠そうともせず私達を見物していた。

考えてみたら当然である。天下の氷の魔法士団長を相手に、真っ赤な顔をした女がわめいているのだ。さぞかし面白い見世物だったに違いない。

焦った私は旦那様の腕を引き、目についたカフェへと緊急避難した。

慌てふためく私とは対照的に、旦那様はやっぱりどこか面白がっている様子だった。なんなら歩き方までのんびりしていたし。

ため息交じりで思い返しつつ、上目遣いに旦那様の表情を窺《うかが》う。悠然とメニュー表を見ている旦那様は、今もとっても機嫌が良さそう。

（……本当、わかるようになってきたなぁ……）

思わず苦笑してしまう。

見た目は同じ無表情でも、嬉しそうだったり怒っていたり、面白がっていたり拗《す》ねていたり。意外と感情豊かな人だと思う。

ぼんやり考え込んでいると、旦那様がふっと顔を上げた。ドキリとして姿勢を正す。

「――決まったか」

「ああ、はいっ。えぇと、えぇと……ミルクティーとケーキにします！」

店員さんを呼び、お薦めだというケーキを頼んでみた。たくさん歩いて焦りまくって、お腹《なか》も減ってきたことだしねー。

「シリル様は飲み物だけですか？」

「別に空腹じゃないからな」

甘い物も嫌いだもんなぁ。

納得しつつ、もう一度じっくりメニュー表を確かめる。

ふんふん。本格的な食事はなくて、ケーキは三種類。飲み物は紅茶からハーブティーまで揃《そろ》っていて、かなり充実、と……。

「……まだ何か頼むのか？」

「あ、違うんです！」

怪訝《けげん》そうな旦那様に笑ってみせる。

「ジルさんが、カフェ好きだから。どんな感じだったか報告しようかなって」

将来カフェを開くのがジルさんの夢なのだと話すと、旦那様は目を瞬かせた。しばらく黙り込み、窓の外へと視線を移す。

「……そういう話を、今まであいつとした事は無かったな。俺が幼少の頃から仕えてくれているんだが」

ぽつりとこぼす旦那様に驚いて、私は目を丸くした。

「なら、今度聞いてあげたらジルさんも喜ぶと思いますよ。ジルさん、王都のカフェにすっごく詳しいんです。お菓子作りも上手だし」

熱弁していると、旦那様がふと眉をひそめた。視線が私の背後に向けられていたので、私もつられて振り返る。

「…………」

若い男の人が、顔を強《こわ》ばらせてこちらを凝視していた。

ジャケットにズボンというこざっぱりとした服装に、童顔も相まって見た目だけなら学生さんのようだ。まるで炎のように真っ赤な髪と瞳に見惚れていると、突然不快そうな表情で見下ろされた。

「へっ……？」

思わず仰《の》け反《ぞ》る私をひと睨みして、赤髪さんは旦那様に頭を下げる。

「こんにちは、団長。こんな所でお会いするとは奇遇ですね？」

ぱっと表情を変えて微笑む彼に、旦那様は淡々と頷いてみせた。

「――ラルフ。お前も休みだったか」

「ええ。……そちらは奥方様でしょう？　もしお邪魔でなければ、相席させていただいても構いませんか」

硬直していた私ははっと我に返り、大慌てで立ち上がる。彼のために席を空け、ぎくしゃくと旦那様の隣に移動した。

席についた彼は手早く注文を済ませると、私に向かって軽く会釈する。

「魔法士団所属、ラルフ・ダイアーと申します。どうぞお見知りおきを、奥方様？」

「あっ、私はミアと言います！　こちらこそ、よろしくお願いします！」

なごやかな雰囲気に胸を撫で下ろした。さっき感じた違和感は、どうやら気のせいだったらしい。

――なんて、安堵《あんど》したのも束《つか》の間《ま》。

最初の挨拶以降、ラルフさんはあからさまに私の存在を無視した。まるで私など目の前にいないかのように、旦那様とだけにこやかに会話する。

たらり、と背中を冷や汗が流れた。

（……うん。やっぱり気のせいなんかじゃなく……）

時折私に向けられるラルフさんの目は、侮蔑の光を宿していた。

めらめらと燃えるような怒りも感じる。

私はなんとか顔に笑みだけ貼り付けて、表面上は平静を装ったまま、運ばれてきたミルクティーのカップを手に取った。

……あ、ヤバい。

ミルクティーの水面すっごい揺れてるぅ。

飲むのは早々に諦めて、ティーカップをソーサーへと戻す。

今までそれなりに苦労して生きてきたつもりだけれど、ここまで真正面から悪意をぶつけられた経験はない。しかも、初対面の相手から。

頭の中はパニックで、もはや顔すら上げられなかった。

膝の上に置いた手を握り締めていると、それまで無言だった旦那様が動いた。私の目の前にあるケーキの皿を、自分の側に引き寄せたのだ。

ぽかんと見守る私に構わず、旦那様は優雅な所作でフォークを使い、ケーキをひとくち大に切り分けていく。ひとかけらをフォークに突き刺すと、添えられているクリームをたっぷり付けて持ち上げた。

「……？　シリルさ……むぐっ」

旦那様が食べるのかと思いきや、問答無用でケーキを口に突っ込まれた。

えっ？

これってもしや、「はい、アーン」ってやつですか!?

「ちょっ、シリル様……むぐぐっ」

赤面する間もなく、ふたくち目を追加される。

や、まだ咀嚼《そしゃく》してな……！

混乱しつつもマッハで口を動かし飲み込むと、さらに次を突っ込まれた。早い早い早いっ！

怒濤《どとう》の勢いでケーキを食べさせる旦那様に、私は付いていくだけで精一杯だった。決死の覚悟でケーキを飲み込みながらも、頭の片隅では冷静にひとつの結論に達する。

（……間違いない……っ）

これ、親鳥のヒナへのエサやりだぁー！

絶対甘い雰囲気のアレと違ーう!!

味わう余裕もなくケーキを完食すると、旦那様はすかさず私のティーカップを手に取った。そうはさせじと、慌てて私はカップを奪い返す。自分で飲めます、飲めますともっ！

涙目になってミルクティーを流し込む私の隣で、旦那様はひたとラルフさんを見据えた。それまで茫然《ぼうぜん》とエサやり風景を眺めているだけだったラルフさんが、ビクリと肩を揺らす。

旦那様は静かに口を開いた。

「――ミアは、俺の妻だ。侮辱するならば、これ以上お前と同席させるつもりは無い。……帰るぞ」

最後の台詞《せりふ》は私に言って、叩《たた》きつけるようにテーブルにお金を置く。腕を引かれ、私も慌てて旦那様に従った。

「……っ。待ってください、団長！」

こちらもテーブルを叩きつけて立ち上がったラルフさんが、私をきつく睨みつける。つかつかと私達に歩み寄ると、険しい顔で私と旦那様を見比べた。

「その娘は、平民でしょう？　失礼ですが、団長はただでさえ――……」

「母親が平民だから侮られている、か？　それがどうした。身分などどうでもいい。俺は――」

摑まれた腕に力が込められ、私は驚いて旦那様を見上げる。旦那様は、凪《な》いだ瞳で私を見返した。

「俺は、何があろうとミアを手放す気は無い。差し出口は許さん」

冷たく言い放ち、旦那様は今度こそ踵《きびす》を返す。カフェの出口でそっと振り返ると、ラルフさんは蒼白な顔で立ち尽くしていた。


辻《つじ》馬車を拾って屋敷に戻り、張り詰めていた気持ちが一気に緩んだ。玄関に足を踏み入れた途端、へなへなと腰を抜かしてしまう。

「――奥方様ッ!?」

執事のジルさんの悲鳴が聞こえ、大丈夫だと伝えたいのに声が出ない。

手の平で顔を覆ってしゃがみ込んでいると、旦那様が側に屈《かが》む気配がした。ふわりと髪を撫でられ、労《いたわ》るような声が降ってくる。

「……嫌な思いをさせて、すまなかった」

私はぶんぶんと首を横に振った。

嫌な思いは、確かにした。

身分なんてどうしようもない部分で侮蔑され、怖かったし悲しかった。

ついでにケーキの味がわからないのも切なかった。ああジルさん、食レポできなくてごめんなさい……。

（……でも）

そんな、負の感情は。


——何があろうとミアを手放す気は無い。


あの台詞で全部全部、空の彼方《かなた》まで吹っ飛んだ。

「……ミア」

苦しげに名前を呼ばれ、私はそっと手をはずす。心配そうに瞳を揺らす旦那様と目が合って、ぶわわ、と頬が熱くなる。

「……シリル様」

掠《かす》れた声で呟くと、旦那様は耳を傾ける仕草をした。私はコクリと唾を飲み込んで、彼の美しい碧眼《へきがん》を覗き込む。

「また、行きましょうね……？　今度はゆっくり食べたいです。……二人だけで」

内緒話のように囁《ささや》きかけると、旦那様はふっと瞳の色をやわらげた。無言で頷いて、私の腕を引いて優しく立たせてくれる。

「旦那様っ。奥方様は――……」

「問題無い。――ジル。今度、お前の贔屓《ひいき》のカフェを教えてくれ」

すれ違いざまに旦那様から声をかけられ、ジルさんは目を白黒させて固まった。

旦那様に支えられて通り過ぎながら、私は振り返ってジルさんに目配せする。ジルさんははっと身じろぎし、感極まったように目を潤ませた。

「ええ、喜んで！　わたくし、カフェには一家言《いっかげん》がございますので！」

元気いっぱいのジルさんの声が追いかけてきて、思わず大きく噴き出してしまう。

今日は旦那様とお出掛けして。

アビーちゃんの誕生日プレゼントも買えたし、縫い物をする珍しい旦那様まで見られた。

ものすごく破壊力のある言葉をもらってしまった。

（それに、それに……！）

傍らの旦那様をこっそり見上げ、私はだらしなく頬を緩ませる。今日はすっごく楽しくて、温かくて、幸せな一日だった。

終わりよければ全てよし、だ。

◇

「はあぁっ!?　何よそいつ！　あたしがガツンと言ってあげよっか!?」

カフェでの一幕を打ち明けた途端、ジーンさんは顔を真っ赤にしてこぶしを振り上げた。

私は慌ててハタキをかける手を止めて、怒る彼女を宥《なだ》めにかかる。しまった、掃除の合間の雑談としては不適切だったか。

「ありがとうございます、でも大丈夫ですっ。……シリル様が、ガツンと言ってくれたから」

てへへと照れ笑いすると、ジーンさんもホッとしたように腕を下ろした。それでもその顔はまだしかめられたままだ。

「そいつ、絶対貴族よねぇ。魔法士団にはそもそも貴族が多いのよ。王侯貴族って血筋的に魔力が高いもんだから」

あーあ、とジーンさんは机に突っ伏す。

「シリルのお母さんまで持ち出すなんて、本当に嫌なヤツ。鉄拳制裁加えるべしべし」

「ジーンさんは……シリル様のお母さんに、会ったことありますか？」

ためらいがちに問いかけると、ジーンさんは体を起こしてあっさりと首を横に振った。机に頬杖をつき、物憂げに目を伏せる。

「会ったことはないし、シリルのお父さん——前の王様が見初《みそ》めた平民女性で、当時結構叩かれたって話くらいしか知らないわ。前の王妃様はとうに亡くなられていたんだし、そもそも平民で何が悪い？って感じだけど」

眉根を寄せるジーンさんにつられ、思わず私も大きくため息をつく。すると、ジーンさんが慌てたように身を乗り出した。

「――ダメよミアちゃん、早まっちゃあ！　シリルにはあなたが必要なんだから！」

……はい？

きょとんとしていると、ジーンさんはますます焦った様子で立ち上がる。私の肩に手を置き、ゆさゆさと揺さぶった。

「ヴィンスがやっと告白できたのだってミアちゃんのお陰なのよ!?　あたしが何度正直に話せって諭しても、のろのろモタモタしていたあのヴィンスが！」

「あ、ああ……。あのこと、ジーンさんも知ってたんですね？」

驚きつつ尋ねると、ジーンさんはハッとしたように目を瞬かせる。それからしゅんと眉を下げて頷いた。

「うん……。卒業してすぐぐらいかなぁ、ヴィンスから打ち明けられたのは。あたしも、シリルに黙ってたことになるよね……」

でもあたしが言ったら、告げ口みたいになっちゃうと思って。

ずぅぅぅんと暗くなるジーンさんに、今度は私が慌ててしまった。一生懸命彼女の背中を撫で、大げさなぐらい明るい声を出す。

「大丈夫ですよっ。シリル様も、ちゃんと自分が確かめるべきだったって言ってましたし！……それに――」

にぱっと笑ってみせる。

「それに、さっきのジーンさんの心配も大丈夫です。私、シリル様から離れるつもりないですから。……だって。私が、そうしたいって思うから……」

言っているうちに恥ずかしくなってきて、最後はモゴモゴと言葉を濁した。ジーンさんは目を丸くすると、くすぐったそうな笑い声を上げて抱き着いてくる。

「わわっ……？」

「ありがと、ミアちゃん！　あたしともずっとよろしくね！　そしてお掃除も！」

いたずらっぽくウインクされて、私もつられて噴き出した。

しばし二人で笑い合った後、ジーンさんはパッと私から離れる。スカートをつまんで、気取ったようにお辞儀した。

「そんで、直近だと王女殿下の誕生日パーティでお世話になりますっ！　やー、ミアちゃんもシリルもヴィンスもいるなんて、あたしもリオも心強いわぁ」

「……はいぃ!?」

愕然《がくぜん》とする私にジーンさんはにやにや笑う。机の引き出しから豪奢《ごうしゃ》な封筒を取り出して、得意気に掲げてみせた。

「じゃじゃんっ、招待状でーす！……って、招待されたのはリオなんだけどね。教師がひとり付き添う必要があるから、無理やりねじ込んじゃった！」

聞けば、王立学院は王宮との結びつきが強いため、公的なパーティに学院の生徒を招待することがあるらしい。成績優秀者に対するご褒美のようなもので、大抵は大学生から選ばれるそうだ。

「リオは飛び級な上、学費免除の特待生だから当然よね。あたしも昔選ばれたことあるんだけど、風邪を引いて行けなかったのよぅ！　美味《おい》しいもの、たっくさんあるわよねー？　楽しみ楽しみっ」

うぅん、と私は苦笑してしまう。

ジーンさんとリオ君が来てくれるならば、私だってすごく嬉しい。

……でも。

「ジーンさん。もうドレスは用意しましたか？」

「ううんっ。明日ヴィンスに見立ててもらう予定！」

うきうきと答える彼女に、私はぴっと人差し指を立てた。真面目くさった表情を作り、たっぷりと間を置いて重々しく告げる。

「予言します。――私達は、食べられません」

ジーンさんの笑顔がビシリと凍りついた。

「ドレスが苦しくて、うふふと笑ってお茶を飲むしかないそうです。ちなみにこれ、ヴィンスさん情報」

ジーンさんの全身がカタカタと震え出す。頭を抱え、絶望的な表情で崩れ落ちた。

「――うっそぉぉぉぉぉぉっ!?」

本当です！

仲間ができて嬉しいでーすっ!!

◇

天気は快晴。

いよいよ今日は、待ちに待ったアビーちゃんの誕生日パーティ当日である。

「ぐ、る、ぢ、い～!!」

断末魔のような叫び声を上げながら、ジーンさんが逃亡を図ろうともがいている。

ふふ、無駄ですよ……。メイドさんはプロですもの……。

ジーンさんより先に締め上げの洗礼を受けた私は、達観した気持ちで彼女を見守っていた。

どうせ目的地は同じなのだから、今日は皆で一緒に王宮へ向かうことになったのだ。女の支度は時間がかかるため、ジーンさんには朝早くに屋敷に来てもらった。

コンコン、とノックの音が聞こえたので、見学を中断して腰を上げる。

扉の前には予想通りヴィンスさんが立っていた。

「おはよ、ミア。――アラ似合うじゃない！」

さすがアタシの見立てね！

はしゃぐヴィンスさんに、私はえへへと照れ笑いする。その場でくるりと一回転してみせると、プリーツの入ったスカートがふんわり揺れた。

ヴィンスさんの選んでくれた、薄い水色の光沢のあるドレス。胸元に花柄の刺繍《ししゅう》が施されていて、襟ぐりは広めなものの、長袖だから露出はそこまで多くない。

ヴィンスさんはしげしげとドレスを観察すると、満足気に大きく頷いた。

「その色、氷をイメージしてみたのよ。これでシリルの隣に立てば氷の夫婦の出来上がりね！　きっと皆怖がって、近寄って来ないに違いないわ！」

……まさか、そんなコンセプトだったとは。

ならば、今日の私は無表情に徹しようではないか！

心に誓い、ぐっとこぶしを握り締める。

「ジーンはまだかかりそう？　なら、先にアンタの髪とメイクを済ませちゃいましょ」

ヴィンスさんから促されるまま部屋を出る。閉めた扉の向こうから、「置いていかないでぇ」と悲痛な声が追いかけてきたけれど、うん頑張って！

客室から私の部屋へと移動して、早速鏡台に座らされた。

「メイクは薄めにしましょ。変に背伸びするよりアンタはそのままの方が可愛いわ。髪にはこの飾りを付けて……あとは、金粉を散らしましょうか」

「あんまり目立たない感じでいいですよぅ」

おののく私に朗らかに笑いながら、ヴィンスさんはてきぱきと手を動かす。

綺麗に結い上げた髪に銀の簪《かんざし》を挿し、予告通り金粉を付けられた。首を動かすたびに私の栗色《くりいろ》の髪がキラキラ輝いて、思わずうっとりと見惚れてしまう。

「さて、お次はジーンね。……って大丈夫？」

着替えの完了したジーンさんが、よろめきながら部屋に入ってきた。

紺色のドレスは一見地味だが、首元のレースとスカートの大きめリボンがアクセントになっている。全体的に細身で、私のドレスよりもかなり大人っぽい。

「ジーンは引率教師だからシンプルにしてみたの。それに、そのドレスなら今後も使い回せるわ」

「いい。あたしはもう、二度と着たくない……」

げんなりと呟いて、今度はジーンさんが鏡台へと座る。

ヴィンスさんはジーンさんの髪を手早く整えると、あっさりとメイクへと移行してしまった。私はきょとんと目を丸くする。

「飾りは付けないんですか？」

「ジーンは髪が短いから。……それに、このコはメイクだけで充分よ」

言うなり、ヴィンスさんは真剣な表情でジーンさんに向き直った。私の時とは違い、あらゆる化粧道具を駆使し、時間をかけてメイクを仕上げる。

「――よぉし、完成っ！　さ、ミアに見せたげて！」

ジーンさんは機敏に立ち上がると、ひょいと私の方を向く。

「…………」

えぇえええっ!?

心の中で叫んだけれど、実際は驚きすぎて声も出なかった。

眉はキリリと格好良く、長い睫毛《まつげ》に縁取られた目は、普段より大きく切れ長に見える。青のアイシャドウははっとするほど濃いのに、それがびっくりするぐらいよく似合っていた。

「ダレデスカッ!?」

「へへへ。あ、た、し、でーすっ」

良かったやっぱりジーンさん……って、どこからどう見てもモデルさんなんですけど!?

驚愕《きょうがく》する私を見て、ヴィンスさんが鼻高々に胸を反らす。

「ジーンって化粧映えする顔なのよねぇ。背も高いし存在感あるでしょ？　アタシが美容を学び始めた頃は、しょっちゅうメイクの実験台になってもらったものよ」

「慣れないうちは酷《ひど》かったよね〜！　大怪我《おおけが》した幽霊みたいにされたもん。やー、ヴィンスも腕を上げたものだわ」

盛り上がる二人を思考停止したまま見比べる。

これは早く、旦那様にも見せてあげないと……！

そっと部屋を抜け出し可能な限り足を急がせると、廊下の曲がり角で危うく執事のジルさんと衝突しそうになった。すんでのところで急停止した私を、ジルさんが慌てたように支えてくれる。

「わわっ……！　ごめんなさい、ジルさん！」

「いいえ。お怪我はございませんか、奥方様」

気遣わしげに尋ねるジルさんの後ろから、砂色の髪の少年がひょっこりと顔を覗かせた。

「ちゃんと前を向いて歩かないと危険ですよ？　ミア奥様」

いたずらっぽく注意され、ぽかんとしたあと噴き出してしまう。今日のリオ君はもちろん正装していて、すらりとした黒のスーツが彼によく似合っていた。

「リオ君！　すっごく格好良い！」

「学院が貸してくれたんだ。平民の僕にはありがたいよねぇ。……っていうかミアちゃんこそ。ドレスも髪型もすごくよく似合ってるよ。——可愛すぎて、びっくりした」

ふわりと微笑まれ、かあっと頬が熱くなる。

褒められたのが嬉しくて笑み崩れていると、不意に気温がガクンと下がった。

うわヤバ、とリオ君が小さく呟く。

「……っ。シリル様！」

強制クーラー発動の容疑者は一人しかいない。振り向いた先に立っていたのは、もちろん我が氷の旦那様だった。……超絶無表情な。

「シリル様、こちらリオ君です！　ジーンさんの従弟《いとこ》の」

内心の焦りを隠しつつ紹介すると、リオ君もにっこり笑ってお辞儀する。

「リオ・ハイドと申します。高名な魔法士団長閣下にお会いできて光栄です」

「……ジーンには世話になっている。今日はパーティを楽しんでいくといい」

自身はちっとも楽しくなさそうな顔で告げる。……説得力ないなー。

笑い出しそうになりながら、急ぎ旦那様とリオ君を私の部屋へと案内した。一刻も早くジーンさんの艶姿《あですがた》を見せたかったのだ。二人とも、さぞかし驚き見惚れるに違いない。

――しかし、私の予想は見事に裏切られた。

扉を開けるなり、リオ君が指を差して大爆笑を始めたのだ。旦那様は旦那様で半歩後ろに下がり、化け物でも見るような目でジーンさんを凝視している。

「……ってリオもシリルも、何その反応!? なんか感想を言いなさいよぉ！」

ジーンさんが二人に食ってかかるけれど、リオ君はひぃひぃ笑って答えるどころではない。代わりに、思いっきり眉根を寄せた旦那様がぼそりと呟いた。

「……破壊と混沌《こんとん》を見事に体現している」

「本当に!? ありがとぉっ！」

「喜ぶなソコ！……っていうかシリル、アンタちゃんとミアには感想言ったの!?」

ヴィンスさんの突っ込みで、私もやっと我に返る。そうだそうだ、私にも何か言ってくださいっ！

期待を込めた目で旦那様を見つめると、旦那様は上から下までじっくりと私を眺めた。眉間の皺《しわ》をさらに深くして長いこと沈黙し、逃げるように私から目を逸《そ》らす。

「……未《いま》だかつてなく。戦闘力が、高いと思う」

「はあ。戦闘力……」

――イコール、女子力が高いってことですね!?

「いやったあ！ すっごく褒められちゃったぁ!!」

「だから喜ぶなっつーに！ ああもう、何なのよこの会話!?」

コレだから語彙力の死んだ男はぁー!!

ヴィンスさんの大絶叫が、部屋中に賑《にぎ》やかに響き渡った。


無事に全員の支度が整い、私達は連なって玄関へと移動する。

わいわい盛り上がりながら外へ出たところで、ヴィンスさんがにこやかに私達を見回した。

「それじゃあ皆っ、楽しんできてね! お土産話期待してるわ! 気を付けて行ってらっしゃ〜い!」

「はぁい、楽しんできまー……って! ヴィンスさんも行くんですよねっ!?」

ぶりぶりとポーズ付きで見送られ、危うく流されそうになった。全力で突っ込む私の隣で、旦那様も呆れたように嘆息する。

ちなみに旦那様とヴィンスさんは、白を基調とした魔法士団の団服を着用していた。普段の団服が紺色なので驚いたけれど、こちらは礼装用なのだそうだ。

いつもと違う姿が新鮮だし、旦那様の銀髪に白がよく似合っていて、さっきからついつい目線が行ってしまう。今も思わず見惚れていると、ヴィンスさんが拗ねたように鼻を鳴らした。

「だぁって、アタシはシリルのオマケで招待されただけだもの。無表情かつ無愛想、しかも無口なこの男に代わり、愛嬌《あいきょう》を振りまいて空気を軽くする要員としてね……」

でも今は、ミアという妻がいるじゃない!

ヴィンスさんは目元を赤くして、私に向かって手を差し伸べる。戸惑う私を励ますかのように、力強く頷いた。

「――だから、アタシはもうお役御免。今日は留守番させてもらうことにするわ。……頼んだわよ、ミア。アンタになら、アタシの後を任せられる……っ」

「ヴィンスさん……！」

託された大役におののきながら、私はおずおずとヴィンスさんの手を握る。がっちりと固い握手を交わしたところで、旦那様の手刀が炸裂《さくれつ》してスパーンと切り離された。

旦那様は半眼でヴィンスさんを睨み据える。

「ヴィンス。お前は単に、王女の側仕《そばづか》えに会いたくないだけだろう」

あ、なるほど。

納得すると同時に、私は思いっきり眉を吊《つ》り上げた。明後日《あさって》の方向に目を逸らすヴィンスさんに食ってかかる。

「ヴィンスさんてば酷いです！　エマさんはあんなに、ヴィンスさんのことを愛してるのにっ」

「えっ、何なに!?　誰がヴィンスを愛してるって!?」

「だから、王女様の側仕えさんがでしょ？　ちゃんと会話の流れを読みなよ、姉さん」

「違う。側仕えはヴィンスを殺そうとしている」

……大変だ。

情報が大渋滞を起こしている。

エマさんと会ったことのない二人に説明するのは難しいけれど、誤った情報が伝わるのはよろしくない。言うべきことを頭の中で整理して、ジーンさんとリオ君に向き直る。

「エマさんとヴィンスさんはつい最近、運命的な再会を果たしたんです。エマさん、すっごく嬉しそうだったんですよ。愛と憎しみは似ているものだから、月のない闇夜に気を付けろって」

「うそうそ、純愛ってやつ!? 素敵素敵！」

「違うよ姉さん。痴情《ちじょう》のもつれだよ」

「違う。闇討ち予告だ」

……伝わらないなー。

ていうかシリル様。さっきから、リオ君の発言をことごとく否定してません？

「……アンタ達。黙って聞いていれば……！」

それまで無言だったヴィンスさんが、握りこぶしをぷるぷると震わせる。

「今日までアタシがどんな思いをしてきたと思う!? 夜遊びもせず職場と家を往復するだけの日々、そして背後からの足音に怯《おび》えるか弱いアタシ……！」

「旦那様、奥方様。馬車の支度が整っておりますが……」

困り顔のジルさんから声をかけられ、私達はとっとと馬車へと向かった。人数が多いから今日は二台に分乗することになる。

「ヴィンス、はーやーくーっ。かつての恋人に会いに行こう！」

「ジーン、アンタひとの話聞いてた!?」

馬車からヒラヒラ手だけ振るジーンさんに噛《か》みつきながら、ヴィンスさんも渋々馬車に乗り込んだ。

こうして、ようやっと王宮に向けて出発したのだった——

旦那様と二人きりの馬車の中、私は何度も深呼吸を繰り返す。

今日は初めて社交の場に出るのだ。先日のラルフさんの一件のように、平民だからと侮られたり嫌がらせをされたりするかもしれない。この間みたいに揺らがないよう、しっかり覚悟を決めておかなければ。

「……大丈夫か」

旦那様からぼそりと問いかけられ、私は慌てて笑顔を作った。

いけないいけないいけない。旦那様に心配かけて、どうする私っ！

「はいっ、もちろん！　なんといっても今日の私は氷の奥方様！　冷静と無表情を貫くのですっ。……あ、それともヴィンスさんの言う通り、愛想よくした方がいいかな？」

首をひねる私に、旦那様はふっと表情をやわらげる。

「いや。どうせ俺達を見下すだけの連中だ。無視して受け流していれば良い」

「了解ですっ。……でも、パーティは最後までいましょうね？　途中で帰ったらアビーちゃんが悲しむかもしれないから」

上目遣いに様子を窺うと、旦那様は眉をひそめて黙り込んだ。しばし迷うように視線を泳がせたが、ややあって吐息交じりに頷いた。

「……わかった。だが、絶対に一人になるなよ。もし俺が側に居られない時は、ヴィンスやジーンと行動するんだ」

やっぱり過保護だなぁ。

心配されて喜ぶのはどうかと思うけれど、自然と笑みがこぼれてしまう。旦那様はそんな私を呆れたように見やった。

「……今日は無表情を貫くんじゃなかったか？」

「到着したらちゃんとしますよぅ。――それより、これ見てくださいシリル様！　ヴィンスさんに手伝ってもらって包装したんですよっ」

得意気に掲げてみせるは、アビーちゃんへの誕生日プレゼントだ。

クマを入れた箱を包装紙で包み、ヴィンスさんが色とりどりのリボンで芸術的に飾り立ててくれた。ほぼほぼヴィンスさんの作品とも言える。

「アビーちゃん、喜んでくれるといいなぁ。……ちなみに、シリル様はどんなプレゼントにしたんです？」

「選んだのは俺じゃなくジルだがな。骨董品《こっとうひん》の宝石箱にしたらしい」

うわぁお、さすがはお姫様！　リッチー！

目を輝かせて拍手する私を、旦那様が真顔で見据える。どうしたのかと首を傾げていると、彼はためらいがちに口を開いた。

「……お前も、欲しいか。宝石箱や……アクセサリーが」

「いいえ、全く！　私は食べられるものが好きです！」

即座に否定すると、旦那様は「だろうな」と言わんばかりの顔で納得する。ご理解いただけて何よりです！

うんうんと深く頷き合う私達であった。

◇

旦那様の腕に手を掛けて、緊張しながら王宮の庭園を突き進む。

見るもの全てが目新しくて、気合いを入れておかないと大騒ぎしてしまいそうだ。心の中で、繰り返し己に言い聞かす。

──落ち着け私……。

我が表情筋よ、今日だけ死に絶えるのです……！

しかし、それが目に入った瞬間、私の連続無表情記録はもろくも崩れ去った。目も口もぱっかり開けて、馬鹿みたいに立ち尽くす。

「うわスゴッ！　ヴィンス何あれ何あれ!?」

背後からジーンさんの叫び声と、「姉さん静かに！」とたしなめるリオ君の声がした。

しかし、私は振り返るどころではない。

だだっ広い王宮の庭にでんとそびえ立つのは、鉄骨とガラスでできた立派な建築物。あれは……

とんでもなく大きいけれど、もしかして温室？

茫然と見入っていると、ヴィンスさんが後ろから得意気に説明してくれる。

「あれぞ、ディアス王宮の誇る硝子宮《ガラス》よ。今回の誕生日パーティの会場ね」

ヴィンスさんの声は耳を素通りし、私はただただうっとりと硝子宮に見惚れた。

丸っこいドーム型の温室は、陽光を反射して美しく輝いている。圧倒されるほど巨大なその立ち姿は、まさに威風堂々という言葉がぴったりだ。

「……入るぞ。中は暖かい」

旦那様に促されてぞろぞろ進むと、確かに寒い外と違って心地良い温度だった。

むせ返るような緑が私達を迎えてくれる。秋だというのに、美しい花々も咲き乱れていた。

「――わあぁ、すごっ……コホン」

歓声を上げかけて、はっと我に返り口元を手で隠す。ほほと上品に笑ってみせた。

「まあ、お素敵でゴザイマスわー。ワタクシ感嘆イタシマシテよー」

ジーンさんも隣に立ち、目を輝かせてきょろきょろと周りを見回した。口を開こうとして、こちらも慌てて澄まし顔で取り繕う。

「素晴らしき眺めですワイ。目の保養ですワイ」

「……アンタ達の思う貴婦人像って、一体どうなってんのよ」

ヴィンスさんから疲れた声で突っ込まれてしまった。

見える範囲に他の招待客はいなかったので、私は開き直って旦那様の腕をぐいぐい引っ張った。

滅多にない経験なのだし、ゆっくりと中を見学してみたい。

「シリル様。あっちに行ってみ――」

「お待ち申し上げておりました。どうぞ、あちらでございます」

燕尾服《えんびふく》の男の人から声をかけられ、驚いてぴょんと飛び上がる。全然気配を感じなかった……！

旦那様とヴィンスさんはちゃんと気付いていたようで、誕生日プレゼントの箱を彼へと手渡した。

「アビゲイル殿下への祝いの品だ」

「わたくしも。こちらを殿下へお渡しください」

「ありがとう存じます。確かに承りました」

恭しく頭を下げる彼に案内され、緑に囲まれた細い通路を進んでいく。

「……シリル様。プレゼントって……」

隣を歩く旦那様の袖を引くと、旦那様は小さく頷いた。

「大抵は預けるものだが、お前は直接渡せばいい。その方が本人も喜ぶだろうからな」

「そうね。もし渡すチャンスがなかったら、帰りに言付けるといいわよ」

ヴィンスさんは補足するように告げた後、「リオもね」とクスクス笑う。

そういえば、今日のリオ君は紙袋をふたつ持っていた。おそらくこれがアビーちゃんへの誕生日プレゼントなのだろう。

好奇心丸出しな視線を向ける私に、リオ君はいたずらっぽく微笑んだ。

「ああ、プレゼントは一個だけね。こっちの紙袋は、うちの家業の宣伝用なんだ」

「……家業？」

宣伝用？

首を傾げるけれど、リオ君は笑うばかりで答えてくれない。そうこうするうちに、パーティ会場らしき開けた場所に到着してしまった。

ドームの天井は遥《はる》か高く、屋内とは思えない開放感だ。長いテーブルにはたくさんの料理が並べられていて、端の方にはグランドピアノも置かれている。

すでに招待客は揃っているようで、楽しげに笑いさざめく声が聞こえてきた。緊張のあまり足が震えそうになったけれど、旦那様の腕をぎゅっと摑んでなんとか堪《こら》える。

（……大丈夫、大丈夫……）

大きく深呼吸して、繰り返し自分に言い聞かせた。

すぐ側に、旦那様がいてくれる。ヴィンスさんやジーンさん、リオ君だって一緒なのだ。無表情を貫くつもりだったのに、ついつい口元がほころんでしまう。

勇気百倍で会場に足を踏み入れると、案の定、場の雰囲気がさっと変わった。

それまで歓談していた礼服の人々が、顔色を変えて私と旦那様を見比べる。ぃよっしゃあ、来た来た来たぁっ！

蔑みます!?

はたまた無視しちゃいます!?

ばっち来い、ワタクシ受けて立ちますよっ。

——と、思いきや。

敵意だの悪意だのといった視線は、どれだけ待っても飛んで来ない。肩透かしを食った私は、ぽかんとパーティ会場を見回した。

貴婦人の皆様方は、頬を上気させながらヒソヒソ話で盛り上がっている。さすがに指を差すような不作法まではしないけれど、話題の中心は明らかに私達であろう。

「……シリル様。なんだか、雰囲気がおかしくありません？」

こっそり囁きかけると、旦那様も思いっきり眉間に皺を寄せた。

「ああ。正常なら、表情が凍りついて会話も不自然に止まるはずだ」

……旦那様の正常って一体。

眉を下げる私の後ろから、ぽんと手を打つ音が聞こえてきた。ヴィンスさんが熱っぽく囁く。

「ああ、なるほど！　これはきっと、アレだわね」

「あー、アレですか。そういえば、僕も聞きましたよ」

「えっ、何の話!?　アレってどれソレ!?」

そして背後の会話も訳がわからない。

旦那様と微妙な顔を見合わせていると、トレーを持った男の人がさっと私達に近寄ってきた。

「ようこそおいでくださいました。お飲み物をどうぞ」

旦那様は鷹揚《おうよう》に頷き、トレーからグラスをふたつ取り上げる。ジュースらしき片方を私に手渡した。

「ありが――」

ざわわっ！

瞬間、会場中が興奮したようにざわめく。何なにっ？

旦那様も一瞬眉をひそめたけれど、気を取り直したように私の肩を抱く。そこかしこに用意されているソファの方へエスコートしてくれた。

周囲の反応に戸惑いつつ、ぎくしゃくと足を動かすうちに、熱を帯びた会話が断片的に耳に入ってきた。

――あれが、噂《うわさ》の……。

――素敵……！

――肩を、肩を抱いていらっしゃるわ……！

ソファに座るなり、私と旦那様はまたも顔を見合わせた。旦那様も理解不能といった顔をしている。

そして、再び会場がどよめいた。

――まあぁ！　あんなに熱く見つめ合って……！

「…………」

すみません。

これってもしや、新手の嫌がらせか何かでしょうか……？

この状況が何ひとつ理解できないまま、誕生日パーティはなごやかにスタートした。

相変わらず顔の怖い王様が、招待客に感謝の意を伝え、長らく国を留守にしていたアビーちゃんを紹介する。

本日の主役であるアビーちゃんは、柔らかなピンク色のドレスに身を包み、ふわふわな蜂蜜色の髪には銀色のティアラが光っていた。まさにお姫様といった出《い》で立《た》ちに、私はほれぼれと見惚れてしまう。

「アビーちゃん、可愛いですねっ」

「……ああ」

小声で囁きかけると、旦那様も静かに頷いた。

アビーちゃんは青ざめた顔を強ばらせながらも、最後までしっかりと挨拶の口上を述べた。手に汗を握りながら見守っていた私も、ほっと安堵の吐息をつく。

全員で乾杯した後は、音楽隊がグランドピアノの周りに集まり、落ち着いた曲を奏で始めた。

周囲の人々も立食形式の食事を楽しんだり、おしゃべりに花を咲かせたり。賑やかな空気に私の緊張も緩み、やっと身体《からだ》から力を抜く。隣に座る旦那様も寛《くつろ》いだ様子で私を眺めた。

「どうする。適当に料理を取ってくるか」

「――駄目ですっ！」

立ち上がりかけた旦那様を慌てて引き止め、私は首を激しく横に振った。旦那様の腕を摑んで必死に訴える。

「お腹に空き容量がないんです！　少しでも食べたら、ドレスがパーンッて弾《はじ》けちゃうかも……！」

私の悲痛な叫びに、旦那様は口元を押さえてぐっと呻いた。え、今笑いかけ――ってそうじゃなく！

「もうっ、シリル様！　私は真剣なんですよ!?」

「そう、だな……。弾けたら、困るな……」

息も絶え絶えに返されて、むっと唇を尖らせてしまう。

私だって食べたいのは山々なのだ。

さっきチラ見した限りでは、デザート類がかなり充実していた。特にテーブル中央に鎮座するケーキは、ウェディングケーキもかくやという巨大さだった。

他にもパイやクッキー、中に果物が入った透明ゼリーも美味しそうだったし、ひとくちサイズのお洒落チョコレートやカナッペだってたくさんあった。

今日は朝早くに軽く食べただけ。

こんなに美味しそうな料理に囲まれているのに、お腹も減っているのに……。食べることが、できないだなんて……！

「――この切なさが、悔しさが……！　シリル様にわかります!?」

「いや、わからん。……もう帰るか？」

からかうように問われ、私はキッと旦那様を睨む。

「帰りません！　最後までい――」

言いかけたところで、先程までの喧騒《けんそう》がやんでいることに気が付いた。

恐る恐る周囲を見回すと、全員から勢いよく目を逸らされてしまう。その顔は驚いていたり、真っ赤になっていたり――……

……だから。何事ですかね？

困り果てて友人三人に助けを求めようとしたけれど、ジーンさんとリオ君は料理のテーブルの側にいる。ヴィンスさんは私と旦那様を見比べて、なぜかニタニタ笑うばかり。周囲の思わせぶりな反応に、空腹も相まってむらむらと腹が立ってきた。

「ヴィンスさんっ。これって一体――」

「ごきげんよう、皆様」

涼やかな声に振り向くと、シャンパングラスをふたつ持ったエマさんが歩み寄ってくる。上品な真珠色のドレスは、彼女の清楚《せいそ》な雰囲気にとんでもなく似合っていた。

「エマさん！　わあぁ、すっごくキレイ……！」

「ありがとうございます。ミア様もとても素敵ですわ」

感嘆の声を上げる私に、エマさんはふんわりと微笑む。それから一転して表情を翳《かげ》らせると、そろりそろりと後ずさりしているヴィンスさんへと視線を向けた。

「……ごきげんよう、ヴィンセント様。よろしければ、こちらをどうぞ」

硬い声で、伏し目がちに片方のグラスを差し出す。

ヴィンスさんは顔を強ばらせ、「結構です」と素っ気なく首を振った。エマさんは目元を赤くして彼を睨みつける。

「謝罪も受け取ってはいただけませんの？　先日のわたくしは、どうかしておりましたわ……。酷いことを言って、本当に申し訳ありませんでした……」

唇を噛んで声を震わせる彼女に、ヴィンスさんは驚いたように息を呑《の》んだ。しばしためらった後、そっと手を伸ばしてグラスを受け取る。

エマさんは泣き出しそうに顔を歪《ゆが》めると、しゅんと鼻をすすって自身のグラスを持ち上げた。

チン、と澄んだ音を立てて二人はグラスを合わせる。

一息で飲み干したヴィンスさんを見て、エマさんはやっと表情をやわらげた。頬を染めて、潤んだ瞳でヴィンスさんに寄り添う。背伸びして彼の耳元に唇を寄せると、息を吹きかけるようにして囁きかけた。

「嬉しいですわ。毒入りですの」

——ンゴッフェッ!?

ヴィンスさんの喉があり得ない音を発する。

己の首を締めるようにしながら、真っ青になってエマさんに詰め寄る。

「……アン、タ……なん……っ」

ゲホゴホゲホ!!

エマさんは激しく咳《せ》き込むヴィンスさんの背中を優しく撫でて、「冗談ですわ」と可愛らしく小首を傾げた。

涙目のヴィンスさんが、縋《すが》るようにエマさんの手を握る。

「本当にッ!?」

「ええ。……本当は、下剤入りですの。即効性の」

「——アタシ、お手洗いに行ってくるわ！」

一転して真っ赤になったヴィンスさんが、ダッシュで会場から離脱した。

真っ白なレースハンカチをひらひら振って見送るエマさんを、私はただただ茫然と見つめる。

「……あのぅ。エマさん……？」

「まあ、嫌ですわミア様。あれも嘘《うそ》です。何も入ってはおりませんわ」

恐る恐る声をかけると、エマさんはさも心外そうな顔をしてみせた。かと思えば、瞳をキラリと妖《あや》しく光らせる。

「——ですが、ヴィンセント様は信じましたわ。うふふ、お可哀想《かわいそう》に……。恐怖のあまり、しばらくはお手洗いから出て来られないはず……」

抑えきれない笑みをこぼす彼女に、旦那様は思いっきり眉根を寄せた。心底怪訝そうに彼女を見据える。

「……なぜ、ヴィンスを遠ざけようとする？」

エマさんは愚問と言わんばかりにニヤリと笑った。……うん。これはどう見ても、『ふんわり』じゃなくて『ニヤリ』だな……。

「だって、ヴィンセント様はあんなに魅力的なかたなのですもの。パーティは男女の出会いの場……。殿方の顔しか見ないような頭空っぽ令嬢に、うっかり見初《みそ》められでもしたら大変でしょう？」

ですから、予防策を講じましたのよ。

胸を張って答えるエマさんに、私も旦那様も返す言葉が見つからない。

ヴィンスさんを気の毒に思いながらも、エマさんの理屈に圧倒され拍手してしまう。隣の旦那様は何とも言えない表情で私を眺め、結局見て見ぬ振りをしてくれた。

それからしばらく待ってみたものの、やはりヴィンスさんは戻ってこない。

ヴィンスさんの走り去った方角を注意深く見張っていたエマさんも、やがて満足気に微笑んだ。

つと視線を私に移す。

「ミア様。実は王妃様がお呼びなのです。お時間がある時で構いませんので、ご挨拶に伺ってくださいますか？」

「……なんだと？」

衝撃に固まる私の横で、旦那様が不穏な空気を発した。エマさんは全く動じず、落ち着き払った様子で旦那様を見返す。

「王妃様はミア様に興味を抱いておいでなのです。——これは、シリル閣下のせいでもありますのよ」

眉をひそめる旦那様に、私は慌てて首を振ってみせた。

「大丈夫です、シリル様！　私、今からでも行けますっ」

王妃様は王様の奥さん。つまり、旦那様にとっては義理のお姉さんに当たるのだ。結婚に反対されているからといって、いつまでも逃げ回るわけにはいかないだろう。

笑顔で説得する私に、旦那様は渋々といった調子で頷く。

「……ならば、俺も行く」

「いけませんわ。女同士の付き合いですもの、殿方はご遠慮くださいませ」

ぴしゃりと撥《は》ねつけ、エマさんは素早く私の手を取った。

「代わりに、わたくしが付き添います。閣下はほどよい頃に迎えに来てくだされればよろしいですわ」

事務的に言い放ち、私の腕を引いて歩き出す。

後ろ髪を引かれる思いで振り返ると、旦那様も私を追おうとするように一歩踏み出したところだった。縋りつきそうになるのをなんとか堪え、小さく首を横に振る。旦那様から視線を引き剥がし、無理やり前を向いた。

私だって、本音を言うなら旦那様に付いてきてほしい。この間のラルフさんの一件のように、一方的に悪意をぶつけられたらと想像するだけで足が震える。

（……それでも）

守られてばかりでは……駄目なのだ。

ジーンさんに宣言したように、今の私は旦那様から離れるつもりはない。

これから、似たような状況は何度だって訪れるだろう。いちいち傷ついたりなんかしないよう、私自身が強くならなければ。

私の決意を感じ取ったのか、エマさんがふっと微笑を浮かべた。

「大丈夫ですわ、ミア様。王妃様はお優しいかたですから。それに――……」

それに？

首を傾げる私に、エマさんはいたずらっぽくウインクする。

「王妃様も、貴婦人の皆様方も。純粋にミア様とお話ししたいだけだと思いますわよ？――ああ、あちらですわ」

エマさんの視線を追うと、ちょうど王妃様も私達に気付いて顔を上げたところだった。豪奢《ごうしゃ》なドレスに身を包んだ彼女は、これまた色とりどりのドレスの貴婦人達に囲まれている。

……わぁい、華やかぁ。そしてなんか、ものすごいフローラルな香りがするぅ。

緊張に痺れた頭が現実逃避しかけるのを何とか振り切り、ぎこちなく笑顔を作る。

「初めま――」

「まあ、ミアさん！　お会いしたいと思っておりましたのよ！」

目を輝かせた王妃様からいきなり手を握られ、フローラルな輪の中にぐいぐいと招き入れられた。

ひいぃっ、拉致監禁!?

怯える私に、美女達が鼻息荒く詰め寄ってくる。皆一様に、爛々《らんらん》と目を光らせていた。

「あ、あのぅ……？」

「――王妃様。ミア様が驚いておいでですわ」

エマさんがたしなめるように割って入り、輪の中から私を救出してくれた。王妃様ははっとしたように居住まいを正す。

「あら、ごめんなさいね？　わたくしったら不作法で」

はにかむ彼女に、私は曖昧に笑い返すだけで精一杯だった。

改めて王妃様を観察すると、その髪はアビーちゃんと同じ蜂蜜色で、今日のアビーちゃんとお揃いのティアラを頭に付けていた。笑顔も口調も優しげで、私に対する敵意は微塵《みじん》も感じられない。

ほっと安堵して、再度挨拶を試みる。

「初めまして、ミアと申します。ご挨拶が遅れてすみ……ではなく……申し訳、ありませんでした」

「いいえ、こちらこそ。娘がお世話になっているそうですわね？　わたくしはルーシャと申します。どうぞ、気兼ねなく名前でお呼びくださいましね」

しどろもどろになる私の手を握り、王妃様はにっこりと微笑んだ。社交辞令は終わりとばかりに、ずいっと距離を詰めてくる。

「それで、それで。――例の、カフェでの出来事を聞かせていただきたいんですの。城下だけでなく、王宮でも噂になっておりますのよ」

カフェ、での。

……出来事？

思考停止する私をよそに、王妃様を囲む貴婦人達が得たりとばかりに頷いて、一斉にしゃべりだした。

「なんでも、閣下が手ずからケーキを食べさせてくだすったそうですわね？　ひとくち食べるごとに二人で微笑み合って、砂糖菓子よりも甘い雰囲気でしたとか……！」

いいえ。

息する間もなく口に突っ込まれ、生きるか死ぬかの戦いでした。

「ダイアー子爵家の三男から横恋慕《よこれんぼ》されたのでしょう？　閣下が『妻は誰にも渡さない！』と、声を震わせてお怒りになったとか！」

子爵家の三男……って、もしやラルフさんのこと？

ラルフさんが……誰に、横恋慕したって……？

「極め付けは、カフェを出た時の閣下の台詞ですわっ。身分など関係ないと言い放ち、ミア様を固く抱き締めたそうですわね!?　『命に代えても、この愛を貫く事を神に誓おう』……。ああ、なんてロマンチックですの……！」

言ってない。

そんな台詞は言ってない……！

目を白黒させる私などそっちのけで、王妃様達はきゃあきゃあと盛り上がる。声も出ない私に、エマさんがこっそりと囁きかけた。

「良かったですわね。市中もこの噂で持ちきりで、皆好意的だそうですわ」

「な、なんで……?」

大混乱に陥っていると、エマさんは堪えきれないように噴き出した。雪のように白い肌に、目元だけ赤くしてクスクス笑う。

「だって、あのシリル閣下ですもの。今までは冷酷非情だの氷だの、恐ろしげな噂ばかりでしたのに。奥様を溺愛される姿が皆の胸を打ったのでしょう」

いわゆるギャップ萌《も》えというやつですわ。

したり顔で告げるエマさんの言葉に、私は今度こそ膝を突きそうになった。よろけかけたところで、力強い腕がさっと支えてくれる。

「大丈夫か」

「……っ。シリル様……!」

今来たらアカーン!

はくはくと声も出ない私の様子を誤解したのか、旦那様の雰囲気がぞわりと変わった。庇《かば》うように私を抱き寄せ、底冷えする瞳で王妃様達を睨《ね》めつける。

「――そろそろ、妻を返して頂いても?」

場がしんと静まり返り、王妃様達は息を呑む。

その顔は、怯え青ざめて――……ない。

身を乗り出さんばかりにして、彼女達はまたも一斉にしゃべりだした。

「ええ、ええ勿論《もちろん》!!」

「お迎えですのね、素敵ですわぁ!!」

「お優しいのねぇ!!」

「ミア様、愛されておりますわぁ!!」

「…………」

旦那様は一瞬固まったけれど、伊達《だて》に私より無表情の鍛錬を積んでいない。「では、失礼」と小さく会釈すると、私の肩を抱いて歩き出す。

ぎくしゃくと足を動かしてある程度離れたところで、旦那様が静かに私を見下ろした。その顔は珍しく強ばっている。

「――で。今のは、一体何だったんだ」

……ええと。

世の中には、知らない方がいいこともあるんじゃないかなー？　と、思ったり。思わなかったり。

冷や汗をかきつつ、明後日《あさって》の方向に目を逸らす私であった。

「――そろそろ、アビゲイルに祝意を伝えに行くか」

しらばっくれる私に、旦那様はいったん諦めることにしたようだ。……帰ったら絶対また聞かれるだろうけど。

なんとかこの場を逃れることに成功し、苦笑いを浮かべつつ旦那様に従う。

歓談する人々の間を縫うようにして歩いていると、料理のテーブルの側にいたジーンさんから呼び止められた。

「ミアちゃん、シリル！　食っべないの〜!?」

左手にお皿を、右手にフォークを持っている。口元に食べカスを付けたジーンさんは、なんとも幸せそうな表情だ。私は愕然として彼女を見返した。

「ジーンさん……!?　食べられるんですかっ？」

「もっちろん！　ドレスの苦しさになんか負けないよ!!」

ガッツポーズをするジーンさんに、私はしみじみと感嘆の視線を送る。彼女こそ、勇者と呼ぶに相応《ふさわ》しい……！

ぐいと唇をぬぐったジーンさんは、くっきりと描かれた眉を上げてニヒルに微笑む。

「やらずに後悔するよりも、やって後悔する方がいい。たとえお腹がはち切れたとしても、あたしは食べ――」

「行くぞ。ジーンのドレスならば、弾《はじ》けても別段問題無い」

旦那様から肩を抱かれ、足早に連れ去られた。

歩く私達の隣に人影が追いついてきて、ぱっと振り返るとリオ君だった。その手には例の紙袋を持っている。

「殿下にプレゼントを渡すんでしょ？　なら、僕も便乗させて」

「うん、もちろんっ。――あ！　アビーちゃん発見！」

アビーちゃんは招待客らしき同年代の女の子達に囲まれていた。年代こそ違うものの、さっきの王妃様と同じような状況だ。

笑顔で声をかけようとした瞬間、その不穏な雰囲気に気が付いた。

「――姫様。学院はいかがです？」

「楽しんでいらっしゃるのでしょう？　王立学院には、下賤《げせん》な平民も通っておりますから」

「まあ、いやだ。姫様は平民なんかと親しくされませんわよねぇ？」

可愛らしく着飾った女の子達が、醜く顔を歪めてアビーちゃんを攻め立てている。アビーちゃんは笑顔でかわしているものの、その顔色は青ざめていた。

思わずカッとなり、旦那様とリオ君を置いて彼女達の間に割り込んだ。

「アビーちゃんっ」

「――ミア姉様!?」

驚いたように目を見開くアビーちゃんに、にぱっと笑いかける。手に持っていたプレゼントを差し出した。

「お誕生日おめでとう！　これ、よかったら使ってね？」

アビーちゃんはおずおずと受け取ると、目を潤ませてプレゼントの箱をぎゅっと抱き締めた。貴族の女の子達は目を吊り上げて、突然の闖入《ちんにゅうしゃ》者である私を睨みつける。

「まあぁ、姫様の叔母様でいらっしゃいますわよね？　姫様、どうぞ開けてみてくださいな。わたくし達も、どんな贈り物か見たいですもの」

そうよそうよ、と囃《はや》したてる彼女達に、私は余裕の笑みを浮かべてみせた。迷うアビーちゃんに、安心させるように大きく頷きかける。

震える手で開いた箱の中から出てきたプレゼントに、予想通り彼女達は大きく失笑した。

「……あらぁ。素敵、ですかしらぁ？」

「ええ、とっても。庶民的で、ねぇ？」

私はすっと深呼吸した。

贈り物というのは、相手を想《おも》う気持ちそのものなのだ。この傲慢な少女達に、それをわかってほしいと思う。心を落ち着かせて、口を開こうとした瞬間――

「――失礼なこと、言わないで!!」

蒼白になったアビーちゃんが叫んだ。

「これは、姉様がわたしのために選んでくれたものなの！　わたし、ずっとずっと大切にするわ！」

少女達を押しのけて前に出ると、私にクマを掲げてみせる。涙を浮かべて唇を震わせながら、にっこりと誇らしげに微笑んだ。

「アビーちゃ――……」

「そうか。喜んで貰《もら》えて何よりだ。選んだのはミアだが、紐を縫い付けたのは俺だ」

私の肩に手を置いて進み出た旦那様が、平坦な声で告げる。少女達の表情が凍りついた。

「え……？　シリル、叔父様が……？」

目をまんまるにして問いかけるアビーちゃんに、旦那様は淡々と頷く。そうだ、それを伝え忘れてた！

「アビーちゃん、シリル様って器用なんですよ！　その紐も、あっという間に縫い付けちゃって！」

「……そう、なんだ……」

アビーちゃんは茫然と呟くと、頬を上気させてはにかんだ。旦那様と私に向かって、淑女然としたお辞儀をする。

「――ありがとうございます。シリル叔父様、ミア姉様。大切に使わせていただきます」

アビーちゃんの言葉が嬉しくて、私もつられて頬を緩ませた。

少女達は目を伏せて黙り込んだが、ひとりだけ未だ顔を歪ませている。小さく吐き捨てた言葉は、聞き間違いでなければ「平民の分際で」だった。

顔色を変えたアビーちゃんが言葉を発するより早く、私の背後から人影がすっと前に進み出た。

「――失礼いたします、アビゲイル殿下。この度は誠におめでとうございます」

アビーちゃんの足元に跪《ひざまず》くのは、砂色の髪の少年――……リオ君っ？

リオ君は落ち着き払った様子で大きな花束を差し出した。

ピンクを基調とした大ぶりな花は豪華で美しく、偶然だろうが今日のアビーちゃんのドレスにもピッタリだ。

砂色の髪をサラサラと揺らし、リオ君は優しげに笑む。

「平民の僕をこのような素晴らしき席にお招き頂き、心より感謝申し上げます。――どうぞ、こちらを」

「あ、ありがとうございます……」

アビーちゃんは一瞬驚いたように動きを止めたけれど、リオ君にひたと見つめられ、頬を赤く染めて花束を受け取った。

立ち上がって軽やかに一礼したリオ君は、貴族少女達へと視線を移した。たじろぐ彼女達を意に介さず、床に置いていた紙袋から、今度はごく小さなサイズの花束を取り出す。

「――そしてこちらは、殿下のご友人の皆様に」

ふわりと微笑むリオ君に、少女達はみるみる真っ赤になった。

リオ君は一人一人に笑顔を振りまきながら、丁寧に花束を配って回る。全員に花束が行き渡ったところで、再び王子様のようににっこり笑った。

「僕の家は花屋を営んでいるのです。花屋にご用命がある際は、皆様どうかハイド生花店に。王都五番街十一番地、ハイド生花店をよろしくお願いいたします」

「…………」

少女達はぽうっとなって頷いているけれど、私と旦那様の目は点になった。二人でまじまじと顔を見合わせる。

……もしかしなくても。

リオ君の言っていた『宣伝』って、これのこと……？

唖然としている間に、花束を胸に抱いた貴族少女達はこの場から去っていった。リオ君をうっとりと、旦那様を恐ろしげに見つめるというオマケ付きで。

茫然と彼女達を見送って、私とアビーちゃんは思いっきり苦笑する。

「なんだか、私達。完全にあの子達の視界から消えちゃったね？」

「うん。でも、わたしは平気。どうやって逃げようかなって、ずっと考えてたの」

はにかむアビーちゃんに噴き出してしまう。彼女の頭をくりくりと撫で回したかったけれど、せっかくの綺麗な髪型を乱すわけにはいかない。

差し伸べかけた手を戻したところで、「姫様」と静かな声が割って入った。

「――エマ！」

振り返ったアビーちゃんが、嬉しそうにエマさんに駆け寄る。

「ねえ、ちゃんと見ててくれた？　わたし、あの子達に言いたいこと言えたわ。……ミア姉様達が助けてくれたおかげだけど」

「ええ。ですが、頑張ったのは姫様ご自身ですわ。わたくし一部始終を見ておりました。先程の姫様は、気高くて勇ましくて――ほれぼれするほど格好良かったですわ」

アビーちゃんは言葉を失ったように黙り込むと、くしゃくしゃに顔を歪めた。ぽろぽろと涙をこぼす彼女に、エマさんは軽やかな笑い声を立てる。

「まあ、姫様。ここで泣いたら台無しですわよ。パーティが終わるまでもう少し。お腹に力を入れて乗り切りましょうね？」

「――うんっ！」

健気《けなげ》に微笑むアビーちゃんにハンカチを手渡すと、エマさんはリオ君へと視線を移した。ふんわり笑って会釈する。

「助太刀、感謝いたしますわ。……性根の腐った小娘達に、美しい花が似合うかどうかは別として」

相変わらずのエマさんの毒吐きに、私は反射的にリオ君の顔を窺った。清楚美人との落差に慣れている私達はともかく、初見のリオ君は驚いたに違いない。

だが案に相違して、彼は気にしたふうもなくにこりと笑う。

「花には似合うも似合わないもありませんよ。綺麗な花を見て、心を動かされるかはそのひと次第。性根が曲がっていようが、腐っていようが関係ないです。……要は、彼女達が花にときめいてくれたなら――」

砂色の髪をサラリと揺らし、黒い笑みを浮かべた。

「うちの花屋が儲《もう》かります」

「まあ、打算的ですこと。うふふ」

「あはは」

なごやかに談笑しているように見せかけて、エマさんもリオ君も目はちっとも笑っていない。

アビーちゃんがぽかんと口を開けて見守る中、二人はお互いを探るように見つめ合った。やがて納得したように大きく頷くと、どちらからともなく手を差し伸べる。がっちりと固い握手を交わした。

……なんで、いきなり友情が芽生えてるの？

訳のわからない私は、そっと旦那様の袖を引く。

「……ね。シリル様、これって……」

「同類と認定したんだろう」

旦那様はさりげなく前に出て、私の目から二人の姿を隠してしまった。旦那様の強ばった背中には、緊張感と警戒感がみなぎっている。

ええと。寄るな危険……ってことですかね？


その後アビーちゃんは王妃様から呼ばれ、名残惜しそうにしながらもエマさんと一緒に去っていった。

「リオ君のおうち、お花屋さんだったんだねっ」

ジーンさんのところへ戻りながら笑いかけると、リオ君は照れたように頬を掻《か》いた。

「普段は大学が忙しくてほとんど手伝いできないんだ。だから、こういう機会に親孝行しないとね」

なるほど。

貴族少女達のあの様子なら、リオ君の黒い企《たくら》み――もとい、宣伝は大成功だったと言えるのではなかろうか。私まで嬉しくなり、隣を歩く旦那様の腕を引っ張る。

「シリル様。今度、一緒に――」

リオ君ちのお花屋さんに行きましょう。

笑顔で言いかけた言葉は、中途半端に途切れてしまった。

旦那様がぎくりと体を強ばらせて、突然歩みを止めたから。驚いて旦那様を見上げるけれど、彼は私もリオ君も見ていなかった。

「シリル様？　どうかしましたか？」

険しい顔をしている旦那様が心配になり、彼の腕にぎゅっと抱き着いた。そうしてやっと、旦那様は私に視線を移す。その瞳にはさざ波が立っていた。

「……いや。何でもない」

短く答えると、旦那様は私を引っ張るようにして早足で歩き出す。

慌てて追いかけてくるリオ君と共に、ジーンさんの待つテーブルまで戻って来た。

リスのようにほっぺを膨らませたジーンさんは、目をまんまるにして私達を見比べる。大急ぎで口の中のものを飲み下し、不思議そうに首を傾げた。

「んん？　どしたの、みんな」

「ジーン、ミアを頼む。――リオ」

旦那様はすばやく私をジーンさんの方に押しやると、鋭くリオ君を見据える。

「手洗いに行ってくれ。『薬はハッタリだから今すぐ出ろ』と叫ぶんだ」

「……叫ぶんですか？　僕が？　トイレで？」

珍妙な顔をするリオ君に構わず、旦那様は私から体を離した。止めようと反射的に伸ばしかけた私の手を握り、「すぐ戻る」と言い聞かせるようにして告げる。

「ホントに？　すぐ？」

「ああ。……知り合いを見掛けたから、挨拶に行くだけだ。お前はジーンの側から離れないでくれ」

握った手に一瞬だけ力を込めると、旦那様はぱっと身を翻《ひるがえ》した。

後ろ姿を見送りながらも、旦那様の常と違う様子に胸が騒ぐ。立ちすくむ私の肩に手を置き、ジーンさんが元気付けるように笑いかけてくれた。

「大丈夫大丈夫っ。シリルを待つ間、ミアちゃんも少しぐらい食べようよ！……で、リオは――」

「……了解。全く意味がわからないけど、不審者と間違われるかもしれないけど、トイレで叫んでくるよ。全力で。息の続く限り。この喉が破れるまで」

諦めたように手を振って、リオ君も足早に去っていく。

……いえ、あの。

おそらく個室にこもっているであろう、ヴィンスさんにだけ聞こえればいいんです……。

「――って言い忘れてるし！」

どうやら私もかなり混乱しているらしい。

リオ君を追おうと踵を返した瞬間、固い鉄板のようなものに思いきりぶち当たった。

「――ミアちゃんっ!?」

鼻を押さえて悶え苦しむ私を、ジーンさんが焦ったように覗き込む。私は涙目になりながらも、大丈夫の意を込めて、何度も首を縦に振った。

「……っ。失礼いたしました！　お怪我は――……あ」

慌てたように手を差し伸べてくれるその人の顔を、涙で霞《かす》んだ目でぼんやりと見返す。

そっかぁ、鉄板じゃなくて男の人だったかぁ。

真っ赤な髪に真っ赤な瞳。すっごく暖かそうな色で、すね……？

お互いを認めた私達は、凍りついたように動きを止めた。

今日はもちろん正装しているけれど、幽鬼のように顔色を悪くしているけれど。

彼は、紛れもなく。

魔法士団所属。

子爵家三男の貴族様。

なぜか私に横恋慕したことになっている、トンデモ噂話の被害者第三号――ラルフ・ダイアーさんその人だった。


思考停止した私達は、ついでに体の動きまで停止してしまった。私は鼻を押さえたまま、ラルフさんは手を差し伸べたままのポーズで見つめ合う。

気が付けば私とラルフさんとジーンさんだけをこの場に残し、周囲の人々は潮が引くように離れてしまっていた。素早くいくつかのグループに分かれた貴婦人達から、興奮したような囁き声が漏れ聞こえてくる。

――まぁあ、閣下がいらっしゃらない間に……！

――禁断の恋、ですわね……！

――なんて情熱的……！

「…………」

ちっが――うっ!!

「……っ。ラルフさぁぁぁぁぁんっ!!」

「うわっ!?　ななな何だっ、僕に触れるな!!」

思わずラルフさんの胸ぐらを引っ掴んで、力の限り揺さぶった。平民の分際で～とか思われたとしても、こっちはそれどころじゃないんですよぅ！

息を荒げて彼を睨みつけた。

「噂、聞きましたかっ？　ラルフさん、私に横恋慕してることになってるんですっ。お願いですから誤解を解いてください！」

平民の私が主張するより、貴族の――まして当事者であるラルフさんが否定する方が、遥かに説得力があるはずだ。

必死に言い募る私を見て、ただでさえ青ざめていたラルフさんの顔からますます色が抜けていく。

カタカタと激しく震え始めた。

「……横、恋慕……？　この僕が……君のような平民に……？　し、しかも尊敬する上司の奥方なんだぞっ？」

茫然と呟いたかと思うと、両手で頭を抱え込み、崩れ落ちるように膝を突く。

「あり得ないだろうっ！　誰が好き好んで、こんな平々凡々、十人並み容姿の凡庸顔に――！」

……言い方変えてるだけで、要は普通顔ってことですよね？

ぶうとむくれる私の横から、それまで無言だったジーンさんがすうっと進み出た。驚いて彼女を見ると、いつも天真爛漫《てんしんらんまん》な彼女らしくなく、柳眉を逆立てて口を真一文字に結んでいる。

「――女性に対して、随分と失礼な物言いですね？　今すぐ取り消して、彼女に謝罪してください」

旦那様ばりの無表情、硬い口調で言い放った。化粧の威力も相まって、普段のジーンさんからは想像もできない迫力だ。

ラルフさんは驚いたように彼女を見ると、立ち上がってごくりと唾を飲み込んだ。

「な、なんだ君は……」

たじろぐラルフさんに、ジーンさんはますます距離を詰める。作り物のような白い顔で、鋭く彼を睨み据えた。

後ずさりしかけたところで、ラルフさんははっと我に返ったように動きを止める。精一杯ふんぞり返ってジーンさんを見下ろ……そうとしたようだが、見下ろせていない。かろうじてラルフさんの方が高いものの、彼らの身長はそう変わらなかった。

……ありゃ。

もしやラルフさんてば、意外と背が低い？

私の心の声が聞こえたわけではないだろうが、ラルフさんは顔を真っ赤にしてわめき出した。

「なぜこの僕が、平民ごときに謝罪せねばならないっ」

「……そう。なら、仕方ないですね」

ジーンさんは心臓を撃ち抜くかのように、人差し指をラルフさんの胸にトンと当てる。薄く笑って彼の瞳を覗き込んだ。

「――一週間後、十九時に五番街の時計塔前で。あたしとあなたで勝負して……あなたが負けたなら、彼女にきっちり謝ってくださいね？」

「な……っ!?」

目を白黒させるラルフさんから体を離し、ジーンさんは私の腕を摑む。問答無用で歩き出すと、笑みを消して彼を振り返った。

「……まさか、逃げたりなんかしませんよね？　平民の女から勝負を挑まれて」

「あっ、当たり前だ！」

怒鳴りつける彼を鼻で笑い、ジーンさんはヒールを鳴らして足を速める。腕を引かれた私は付いていくだけで精一杯で、口を挟むことなどできなかった。

パーティ会場から廊下に出ても、ジーンさんは前しか見ていない。私は抵抗するように彼女の腕を引っ張った。

「――ジーンさん！」

私のために、勝負なんてしてほしくない。

謝罪なんか必要ないから、今すぐ戻って撤回しましょう。

そう訴えようとした瞬間、足を止めたジーンさんが勢いよく振り返った。睨むように私を見据えたかと思うと、迫力満点のモデル顔があっという間に崩れ去る。……へっ？

「ジーンさ……!?」

「ミアちゃぁぁんっ!! トイレ、トイレ! トイレどこだろぉぉっ!?」

調子に乗って飲み食いし過ぎちゃったぁー!!

私の肩を激しく揺さぶりながらの突然の大号泣に、思わず目が点になる。

さっきまでの格好良いジーンさんは、もしや夢マボロシでございましたか……？


女子トイレから出たところで、折よくヴィンスさんとリオ君に合流することができた。

ヴィンスさんは変わり果てた姿になっていたものの、ドレスを着崩しているジーンさんを認めた途端、瞳に一気に光が戻った。そのまま全員で連れ立って、温室の一角のベンチへと移動する。

「ジーン、アンタねぇ!? しとやかに振る舞えって、アタシあれほど忠告したわよねっ？」

ぎゃんぎゃん説教しながらも、ヴィンスさんは甲斐甲斐《かいがい》しくジーンさんのドレスを整えた。一体どこから取り出したのか、ふくらんだポーチから道具を出して、化粧直しまで始める始末。私とリオ君は顔を見合わせて苦笑してしまう。

会場の喧騒から離れたベンチには私達しかいなかった。のんびり足を伸ばして座っているうちに、さっきまでの緊張が解けていくのを感じた。

「――で？　シリルの様子がおかしくて、ジーンがラルフに決闘を申し込んで？　ちょっとアタシがいない間に、なんでそんなことになってんのよ……」

ヴィンスさんが顔をしかめるけれど、全然『ちょっと』じゃないと思う。

でも再会した時のヴィンスさんは虚《うつ》ろな目で、口からは魂が抜けかけていた。時間感覚がなくなっても仕方ないのかも。

ひとり納得していると、ジーンさんがぷっと頬を膨らませた。

「だぁって、アイツ失礼だったんだもん！　本当なら落ち着いて諭すべきだったのかもしれないけど、そんな悠長なことしてる暇なかったし！」

それに、とちらりと私に視線を移す。

「シリルからよろしく頼まれたんだからっ。ミアちゃんはあたしが守るの！」

「ジーンさん……」

感動に目を潤ませる私をよそに、ヴィンスさんはますます目を吊り上げた。手早く化粧道具を片付けると、ジーンさんの頭に手を置き、至近距離からひたと彼女を見つめる。

「だからって！　アンタが決闘だなんて無、茶……」

言いかけた言葉を止めて、突如ヴィンスさんの表情が凍りついた。ジーンさんはきょとんと目を丸くして、「おーい？」とヴィンスさんの顔を覗き込む。

「ギャアッ!?　近いわジーンッ!!」

「――ヴィンセント様。ご生還、心よりお祝い申し上げますわ」

冷え冷えとした美しい声が聞こえて、私達は驚いて振り返った。ひとり微動だにしないヴィンスさんの額から、つうっと汗がしたたり落ちる。

「……エマさんっ！」

立ち上がりかけた私を目顔で制すると、エマさんは静かにジーンさんに歩み寄る。にっこりと手を差し伸べた。

「初めまして。エマ・ライリーと申しますわ」

ジーンさんも慌てたように立ち上がり、エマさんのほっそりした手を握り返す。しげしげとエマさんの顔を見つめると、ほうっと感嘆の吐息をついた。

「王立学院で教師やってます、ジーン・ハイドです。……ええと確か、エマさんってヴィンスの恋人……ですよね？」

「全く違いますわ。わたくし達、食うか食われるかの関係ですの」

……何その殺伐とした関係。

愛の告白はどこへ消えてしまったの？

首を傾げつつヴィンスさんを窺うと、彼はビクリと身をすくませる。大きな体を一生懸命縮こまらせて、チワワのようにぷるぷると震え出した。

◇

パーティはそろそろ終盤だとエマさんから告げられ、私達は連れ立って会場へ戻ることにした。

思わぬ事態に時間を食ってしまったけれど、旦那様はもう戻っているだろうか？

駆けるような早足で会場に入り、すぐさま旦那様の姿を探す。

いくらも進まないうちに、王様が前に出て挨拶を始めてしまった。静寂に包まれた会場内を歩き回るわけにもいかず、もどかしい気持ちで足を止める。

王様の話が終わって招待客が引き上げ始めたところで、背後から鋭く名を呼ばれた気がした。旦那様が大股でこちらに歩み寄ってくるのが見えて、ほっとして彼に駆け寄った。

「シリルさ――」

「どこへ行っていた!?」

血相を変えた旦那様から、痛いほどの力で腕を摑まれる。

激しい怒りに息を呑み、茫然として旦那様を見上げた。

最初に会った時こそ恐ろしかったものの、契約を交わしてからの旦那様は優しかった。こんなふうに怒鳴られたのは初めてのことで、反射的に足が震え出す。

旦那様は目を見開く私を見て、はっとしたように力を緩めた。ぎこちなく私を抱き寄せ、「すまない」と小さく呟く。

「……姿が見えず……。何か、あったのかと……」

苦しげな声音に、私は目を瞬かせた。

（……怒ってるんじゃ、ない……？）

慌てて旦那様から体を離し、強ばった彼の顔を見上げる。その瞳は気遣わしげに揺れていた。

心配してくれたのだ、とやっと気付いて、胸の奥にじんわり安堵が広がる。

呆れられたと、思ったのだ。

旦那様にとっても気の張る社交の場で、迷惑をかけてしまったと。嫌われたかもしれないと考えると、目の前が真っ暗になるぐらい怖かった。

——でも、そうじゃなかった。

「……勝手にいなくなって、ごめんなさい」

真っ白な団服をきゅっと摑んではにかむと、旦那様はやっと瞳の色をやわらげた。その穏やかな表情に勇気付けられて、ためらいながらも口を開く。

「シリル様こそ……大丈夫、だったんですか？　知り合いの人には、ご挨拶できましたか？」

別行動を取ったときの旦那様は、今思い返してみても様子がおかしかった。

顔色を変えて、ジーンさんに私を託して——かなり急いでいるように見えた。知り合いというのが誰であるにせよ、会えて嬉しい相手だったとは思えない。

じっと答えを待つ私を見て、旦那様は一瞬だけきつく目をつぶった。

「ああ。問題無い」

決然と告げて、私に向かって身を屈める。そっと囁きを落とした。

「お前には……いずれ、話したいと思っている。それまで、待っていてくれるか」

「……っ。はいっ、もちろん！」

驚きに息を呑んだ後、飛びつくように返事をした。

現金なもので、さっきまで感じていた不安などきれいさっぱり消えていく。旦那様のくれた言葉に心が浮き立ち、抑えきれない笑みがこぼれた。

「じゃあ、早く帰りましょ！　お腹、減っちゃいました」

声を弾ませながら手を差し伸べると、旦那様も指を絡めるようにして握り返してくれた。

その途端、周囲からわあっと歓声が上がる。……はっ、忘れてたぁ！

まだ、招待客がたくさんいらっしゃいましたね!?

旦那様と微妙な顔を見合わせていると、ニヤニヤ笑いのヴィンスさんが寄ってきた。わざとらしく手でパタパタと自身を扇《あお》ぐ。

「おやおやぁ？　ここだけ妙に気温が高いような……。一体なぜでしょうねぇ？」

……くっ、さっきまで怯える小動物状態だったくせに……っ。

頬を膨らませる私など意に介さず、ヴィンスさんは楽しげに旦那様を見やる。

「また面白い噂が出回りそうですね？　氷の魔法士団長の、嫁に対する過保護っぷりとか。暑苦しいほどの愛とか」

「ちょっ、ヴィンスさんっ？」

噂のこと、旦那様は知らないのに――！

恐る恐る様子を窺うと、案の定旦那様は思いっきり眉をひそめていた。旦那様の無言の問いを受け、ヴィンスさんはにっこり笑う。

「夫婦仲の良さが市中の噂になっているだけの話ですよ。——まあ、人の噂も七十五日。あまり気にされる必要はありません」

旦那様がすうっと目を細めてヴィンスさんに近付いた、その瞬間。

旦那様とヴィンスさんの間に割り込むようにして、ジーンさんが突撃してくる。二人とも驚いたように動きを止めるが、ジーンさんの目はテーブルに釘付《くぎづ》けだった。

「ねねっ、もしかしてもうお開き!? 残った料理はどうなっちゃうの!?」

せめて今、口に入る分だけでも……！

テーブル目指して駆け出そうとするジーンさんを、ヴィンスさんが慌てたように抱き留めた。耳元に唇を寄せ、周囲に聞こえないよう叱責する。

「コラッ、ダメよジー——」


——ガシャンッ！


突然、ガラスの割れる音が響き渡った。周囲の人々が一斉にそちらに注目する。

蒼白な顔をしたエマさんが立ち尽くし、足元には割れたグラスが散らばっていた。唇をわななかせたかと思うと、みるみるうちにエマさんの瞳からこんもりした涙があふれ出す。

「……あ……。ヴィンセント、様……」

蚊の鳴くような声で呟くと、エマさんは小さくかぶりを振った。ハンカチで目頭を押さえ、カタカタと震えながらヴィンスさんとジーンさんを見比べる。

「そういう、ことでしたのね……。……ごめんなさい。わたくしったら、何にも気付かず……」

「……は？　いや、何の話を……」

引きつった顔のヴィンスさんを、潤んだ瞳でキッと睨みつけた。

「どうぞ、お幸せに。……幼い頃の口約束なんて、信じたわたくしが愚かだったのですわ……！」

唖然とする私達を残し、エマさんはわっと泣きながら走り去っていった。

いたたまれない沈黙が満ちる中、周囲の招待客達は「あら、そろそろお暇《いとま》しませんと」などと、取ってつけたような言葉と共に散っていく。

私達の側を通り抜けながら、みんな例外なくヴィンスさんに意味深な視線を向ける。同情の目で眺める男性陣と違い、女性陣の視線は凍えるように冷ややかだった。

会場からはあっという間に人波が去り、最後に残った白髪の紳士がぽんとヴィンスさんの肩を叩く。

「……あまり気を落とされぬ事です。不実なのは男の性《さが》。たまにはこんな失敗もありますとも」

ま、しばらくは身を慎むことですな。

紳士はたしなめるように言い聞かせ、杖《つえ》をついて帰っていった。

「…………」

もしかしなくても。

今のも……エマさんの策略？

それまで一言もなく立ち尽くしていたヴィンスさんは、ギギギギと首だけ動かして、助けを求めるように私達を見回した。いつの間にやら私達の後ろに立っていたリオ君が、きょとんと立ち尽くすジーンさんを無言で回収する。

私と旦那様は素早く視線を交わし合い、両側から同時にヴィンスさんの肩に手を置いた。

「まあまあ、ヴィンスさん」

「人の噂も七十五日だったか」

ヴィンスさんは激しく肩を震わせると、がっくりと膝から崩れ落ちた。天井の高い広々とした温室に、絶望の悲鳴が轟《とどろ》くように木霊《こだま》する。

「——いやぁぁぁぁぁッ!!」

——こうして。

怒濤の誕生日パーティは、新たな噂をふたつ生み出して。

すったもんだの挙げ句、無事に幕を下ろしたのであった。

めでたしめでた……し？

エピローグ

「いやいやいや。ちっともめでたくないでしょ。ヴィンスさんが可哀想《かわいそう》でしょ」

王都土産のクッキーを口に放り込み、ソファで隣に座るローズが気の毒そうに眉を曇らせた。ただし、その口元には隠しきれない笑みが浮かんでいる。

『通過の町』の町長宅、ローズの部屋での一幕である。楽しみにしていた里帰りがようやく実現し、手紙には書ききれなかった出来事を、ローズを相手に身振り手振りで再現していたのだ。

やっとのことで長い話を終えた私は、からからに渇いた喉を紅茶で潤した。紅茶は完全に冷めてしまっていたけれど、それが今の私にはちょうどいい。

「それでそれで、ヴィンスさんは大丈夫だったの？」

興味津々で覗《のぞ》き込んでくるローズに、どうかなぁと首をひねった。

「パーティのすぐ後は落ち込んでたよ、もちろん。『アタシもうお嫁に行けないわッ』って叫んでたし」

「嫁に行く気だったんかい」

ローズの真顔の突っ込みに噴き出して、二人してどっと笑い合う。

けれど、私はすぐに視線を落とした。懸案事項を思い出し、一転して暗い気持ちになったのだ。

膝に載せたクッションをぎゅっと抱き締める。

「問題は、明後日《あさって》のジーンさんとラルフさんの決闘なんだよね……。結局ジーンさんを止めきれなかったの」

パーティが終わってから連日彼女を説得したものの、全くの徒労に終わってしまった。唇を噛《か》んで俯《うつむ》く私を眺め、なぜかローズがくすりと笑った。

「……まあ、確かに決闘だなんて心配でしょうけど。でも要は、ジーンさんがそれだけミアに親身になってくれてるってことでしょう？」

晴れやかに微笑《ほほえ》み、大きく伸びをする。

「なぁんか、安心しちゃったわ。ヴィンスさんやお屋敷の執事さんとも仲が良いみたいだし。それからリオ君がジーンさんの従弟《いとこ》で、姪《めい》っ子のお姫様が可愛《かわい》くて、側仕《そばづか》えのエマさんは色白美人で目の保養、だったわよね？　もう手紙ですっかり覚えちゃった」

「……う。毎回分厚くてごめんね……？」

上目遣いで謝る私に、ローズは「全然」とケロリと言い放つ。

「近況が聞けて嬉《うれ》しいもの。――契約結婚だなんて、ミアが不幸になるとばかり思っていたのに。周りの人達《たち》に恵まれて、毎日楽しそうで本当に良かったわ」

「ローズ……」

友達の温かな言葉に瞳がじんわり潤んでくる。

しゅんと鼻をすすっていると、ローズが「それに」と意地悪く付け足した。そっと身を寄せて、内緒話のように囁《ささや》きかける。

「あの氷の魔法士団長閣下が、ミアにだけはすっごく優しいんですってね？　氷が解けるどころか完全に蒸発するほどの甘々っぷりらしいって、通過の町でも持ちきりよ？」

「うえええええっ!?」

王都だけじゃなく、こんなところにまで噂《うわさ》の影が!?っていうか『甘々』って……！

顔が熱い、どころか頭のてっぺんから湯気が噴き出しそうだ。頭をぶんぶん振ってほてりを冷まし、大急ぎで立ち上がる。

「そうだ、そろそろ玄関で待機しておかなくっちゃあ！　お屋敷からお迎えが来るはずだからっ」

ダッシュで逃亡を図ろうとしたら、ローズからぱしっと腕を摑《つか》んで阻まれた。

「あぁらミア奥様、また荷物をお忘れですよ？……はい、どうぞ」

鞄《かばん》を私の手に握らせて、なぜかローズは黙り込む。聞こえるか聞こえないかの声で「ごめんね」と小さく呟《つぶや》いた。

何のことかと瞬きする私に、ほろ苦く微笑んだ。

「……ずっと、気になってたの。あの日、ミアとお兄様が婚約者だなんて嘘《うそ》を吐《つ》いたせいで、結果的に契約結婚までさせる羽目になってしまったから……。今ミアが幸せそうだからって、許される話じゃないわよね……」

「——ああ！　なぁんだ、そんなこと！」

鞄を投げ出してローズの手を握り、きっぱりと首を横に振る。

「全然気にしないで！　私を助けるためだったってわかってるし、むしろ忘れてたぐらいだしっ。

……それに、ね。ここだけの話、今の生活すっごく気に入ってるんだ」

照れ笑いしながら告白したところで、ドアの方から微《かす》かに風を感じた。不思議に思って振り返ると、部屋のドアが完全に開け放たれている。

入口に立ち尽くすのは、蒼白《そうはく》のライラさんと――

「シリル様っ!?」

ライラさんの頭越しに、旦那様が能面のような無表情で私達を眺めていた。

……えっと、もしかしてもしかしなくても。

今の会話、聞こえちゃいました……？

痛いほどの沈黙が満ちる中、ローズが真っ先に動いた。私の手を振り払って前に出る。

「も、申し訳ありません閣下っ！　ですが、嘘を吐いたのは父とあたしであって、ミアは悪くないんです！」

「何言ってるのローズ！　違うんですシリル様ー！　早く訂正すればよかったのに、私がすっかり忘れてたからっ」

お互い相手を押しのけつつ、必死になって主張する。旦那様は何も聞こえていないかのように、虚《うつ》ろな目で私とローズの顔を見比べた。

「……嘘」

「はいっ。ごめんなさいシリル様っ」

ぽつりとこぼした旦那様に、勢い込んで謝罪する。

ついでにだらりと下がっていた彼の手を取ると、指先が氷のように冷え切っていた。わわわっ、もしや体調悪化中!?

思わず擦《こす》って温める私を静かに見下ろして、旦那様が硬い声で問いかける。

「……ならば。お前に、婚約者は……」

「いません。一度もいたことありません！」

背伸びしてずいっと詰め寄ると、旦那様が思いっきり仰《の》け反《ぞ》った。ゴンッと鈍い音が響き渡る。

「うわシリル様っ？　頭大丈夫ですか!?」

「ミア！　言い方、言い方！」

大騒ぎする私達をよそに、旦那様は無表情に後頭部を撫《な》でるばかり。握ったままだった私の手を引き、空いている方の手で鞄を摑む。

「……帰るぞ」

淡々と告げて歩き出した。

怒ってないのかな、と彼の隣に並ぼうとした瞬間、旦那様がくるりと振り返る。

「本当に、町長の息子とは」

「婚約者じゃありませんっ」

「………そうか」

ふいと背けた彼の顔。

一瞬しか見えなかったけれど、見間違いかもしれないけれど。

口元が、緩く弧を描いていたような――

「シリル様っ？　今」

「王都に帰る前に、パン屋に寄っていくか。お前の幼馴染《おさななじみ》が働いている」

「……えっ!?」

驚いたのはほんの一瞬で、すぐさま勇んで「行きたいです！」と同意した。

同じ孤児院育ちのフィンの話は、旦那様には一度しかしたことがない。それも出会ってすぐ、私が一方的にしゃべっただけだ。――それなのに。

（覚えてて、くれたんだ……）

くすぐったさに頬が緩んだ。旦那様と手を繋《つな》いだまま、勢いよくバンザイする。

「やったー！　お屋敷の皆さんにも買って帰りましょっ。ちなみに私のお薦めは、クッキー生地で包んだ甘いパンとー、果物と生クリームを挟んだ甘いパンとー、カスタードクリームてんこ盛りの甘いパンとー」

「…………」

胸やけがする、と言わんばかりに顔をしかめる旦那様に噴き出した。どんと胸を叩《たた》いてみせる。

「大丈夫大丈夫っ。甘くないパンもちゃんとありますから」

笑顔で請け合い、見送りに出てくれた町長家の皆に手を振った。はしゃぐ私を眺め、ローズが「フィンってば、きっと半泣きになっちゃうわね」と含み笑いする。……どゆこと？

瞬きしつつ、大好きな皆と次の再会を約束して、迎えの馬車へと乗り込んだ。深々と座席に身を沈め、もう一度旦那様の手に触れる。氷みたいだった指先は、もうすっかり温《ぬく》もっていた。

「よかったぁ。……そうだ、お迎えありがとうございました。ジルさんが来ると思ってたから、びっくりしちゃったけど」

「……いや」

曖昧に首を振り、そのまま口をつぐんでしまう。

小首を傾《かし》げて続きを待っていると、旦那様は無言で私から目を逸《そ》らした。外の景色を眺めながら、「町長の息子が」と呟く。

「テッド兄さんが？」

「……いるなら、挨拶をと思ったが。いなかったな」

ああ、なるほどなるほど。

そういえば私と旦那様が契約を交わしたとき、町長家でテッド兄さんだけ不在だったっけ。

旦那様のマメさにまた笑みがこぼれる。くすくす笑って繋いだ手に力を込めた。

「テッド兄さん、今日もお仕事でしたから。……あっ、到着ー！」

馬車が完全に停《と》まるのを今か今かと待ち構え、飛び跳ねるようにして外に飛び出す。――その途端、見事な夕焼けに目を奪われた。

空はもうすっかり茜色《あかねいろ》に染まっていて、沈みかけの太陽がとろけそうなオレンジ色に輝いていた。

言葉を失って見惚《みと》れていると、ふと視線を感じて振り向いた。

馬車から降りた旦那様が、湖面のように穏やかな瞳でこちらを見ている。

その優しい眼差《まなざ》しに心臓が跳ね、逃げるように俯いた。

ほっぺたが熱い。きっと、今の私はものすごく――

「……赤い、な」

旦那様の大きな手が、ゆっくりと私の髪に触れる。見透かされているような気持ちになって、ますます頬が熱くなる。

「あっ……。えぇと、これはそのっ」

「夕陽《ゆうひ》が反射している」

……えっ!?

なぁんだ、そゆことでしたかっ。

ぱっと顔を上げた瞬間、私達の間をやわらかな風が吹き抜けた。旦那様の髪がふわりと揺れて、銀糸のような一本一本がきらきらと輝きを放つ。

「……シリル様の、髪も。オレンジ色に光って、すごくきれい」

やっとそれだけ告げて、大急ぎで顔を隠した。なぜだかひどく照れくさい。

顔を覆った両手は、すぐに旦那様から引っ剝《ぺ》がされてしまう。抗議の視線を送ると、旦那様はからかうように目を細めた。距離が、だんだんと近付いて――

「いらっしゃいませぇぇ――――っ!!」

突然、ヤケのような大声が聞こえた。

弾《はじ》かれたように振り向くと、フィンがお店の前で両足を踏ん張っていた。――そうだ、お土産買

わないと！

素早く身をよじり、旦那様の腕から華麗に脱出する。声を上げて笑いながら、彼の背中をぐいぐい押した。

「さあ、早く行きますよっ。フィンのことも紹介したいから――……って。ちゃんと聞こえてるってばフィン――！」

まだ「いらっしゃいませ」を連呼しているフィンに、力の限り怒鳴り返す。

温かな光の満ちる夕暮れ時、懐かしい「通過の町」で。

家路を急ぐ人々が行き交う中、通りに私達の賑《にぎ》やかな叫び声が響き渡った。

番外編　レッツ・クッキング！

キャベツ
玉ねぎ
じゃがいも
にんじん

ある日の朝、お屋敷に新鮮野菜がどっさり届けられた。ジーンさんと約束した、研究室掃除の報酬である。

知らせを受けた私は旦那様を伴って、わくわくしながら屋敷の裏口へと向かう。

「うわぁ、こんなにたくさん！……シリル様！　今日の私達《たち》のお昼ごはん、私が作ってもいいですかっ？」

ピチピチ巨大キャベツを手に取って、満面の笑みで旦那様を振り返った。本日お休みの旦那様は、なぜか棒を飲んだように立ち尽くす。

「……甘く、なければ」

しばし苦悩するような表情で黙り込んだ後、旦那様は呻《うめ》くように返事をした。了解了解、甘くないやつですねっ。

野菜を運ぶシェフさんにくっついて、早速厨房《ちゅうぼう》の片隅を借してほしいと交渉する。

普通なら貴族の奥さんは料理なんてしないのだろうけど、私が平民なのは屋敷の皆も知っている。それでなくても私は好き勝手に屋敷中をうろつくし、厨房に入り浸ることもしょっちゅうだ。シェフさん達も慣れたもので、苦笑しながらも快く了承してくれた。

「それで、奥方様。何を作られるのです？」

「えっと、ポトフにしようかなって。そもそも私、レパートリーそんなに多くないですから」

照れ笑いすると、シェフさんは心得顔で頷《うなず》いて、発酵中らしきパン生地を指差した。

「でしたら、パンはわたくし共でご用意いたしましょう。ポトフでしたら他の材料は……ベーコンとソーセージはこちらにございますよ。鍋はそちらをお使いくださ――……ひえぇっ!?」

シェフさんの突然の大絶叫に驚いて、慌てて彼の視線を追う。厨房の入口に、腕を組んで寄りかかっているのは――

「……シリル様？　どうしました？」

てててと近寄ると、旦那様はバツが悪そうに目を逸《そ》らした。んん？

「……別に。覗《のぞ》きに来ただけだ」

誤魔化すように告げられて、その瞬間ピーンときた。大きく頷き、旦那様の腕を引っ張って厨房に招き入れる。

「シリル様も手伝ってくれるんですね！　大丈夫大丈夫、ちゃんとわかっていますとも！　なら、早速始めましょう！」

『…………』

気のせいだろうか。

刹那、絶望的な空気感が厨房を支配したような。

内心首をひねりつつ、泥だらけのじゃがいもを旦那様に差し出した。

「まずは野菜を洗いましょうっ。……あ、エプロンがないですね？」

「いや……。俺は、見学だけで構わない」

そのまま壁際まで後ずさりする旦那様に、むぅと唇を尖《とが》らせた。遠慮なんかしなくていいのにー。

仕方なくじゃがいもの泥を落とし、皮をむくために包丁を手にした。本当はピーラーを使いたいのだけれど、どうやらここにはないらしい。

深呼吸して、じゃがいもに刃を当てる。

「——待て！」

いつの間にか隣に立っていた旦那様が、鋭い制止と共に私から包丁とじゃがいもを奪い取る。その顔面は蒼白《そうはく》だった。

「角度が悪い！　指を怪我《けが》するだろうっ」

「えーっ、大丈夫ですよぅ。何度もやったことあるもん」

ぷっと頬を膨らませた。

孤児院時代、料理は年長者が持ち回りで担当していたのだ。なぜか私はいつも下ごしらえに回されたので、味付けは苦手だが皮むきには自信がある。

「——いい。これは俺がやる」

きっぱりと言い放つと、旦那様はシェフさんに目をやった。無言の圧を感じ取ったのか、シェフさんが慌てて側《そば》に寄ってくる。じゃがいもを手に取り、器用に回しながら皮をむいていく。

鋭い目で観察していた旦那様はひとつ頷くと、私から奪ったじゃがいもに包丁の刃を当てた。先程のシェフさんと同じように、あっという間にスルスルと皮をむいてしまった。

その動きは危なげなく、とても料理初心者とは思えない。

「すごいすごいっ。シリル様ってば大天才！」

声援だけ送っている間に全ての皮むきが終わり、旦那様は再びシェフさんへと視線を移す。シェフさんはまたも大慌てで寄ってきて、直立不動の姿勢になった。

「つ、次は野菜を切り分けましょう。大きめで構いませんので――……」

震え声で指導してくれるシェフさんに従い、旦那様は次々と野菜を切っていく。ブロックベーコンとソーセージも切り、焼き色を付け、野菜を加えて鍋で煮込み――

そこで、ようやっと気が付いた。

あれ？　私、何もしてなくない？

おかしいな。目から汗が……。

そっと目尻をぬぐい、厨房の片隅にひとり立ち尽くす私であった。完。

◇

「……っ！　美味《おい》しいぃいぃいぃっ!!」

ひとくち食べた瞬間、その味に身悶《みもだ》えする。

じゃがいもほくほく！

玉ねぎトロットロ！

キャベツってこんなに甘かったっけ!?

「スープも美味しいっ。五臓六腑《ごぞうろっぷ》に沁《し》みわたるぅ～！」

野菜の旨味《うまみ》が凝縮してるってやつですね！

焼き立てパンをひたして食べると、幸せすぎてもはや笑いしか出てこない。ひとり大騒ぎする私をよそに、旦那様はいつも通り上品にスプーンを口に運んでいた。しかしその表情は至極満足気だ。

「はぁ……。お代わりしよ。シリル様、また作ってくださいねっ」

「ああ」

旦那様がこっくり頷く。やたっ！

結局二回お代わりして、めでたくお鍋はカラとなった。満腹のお腹《なか》を撫《な》でて、私はしみじみと満ち足りたため息をつく。

料理上手な旦那様を持って、私ってばなんて幸せ者なんでしょう!?

あとがき

この度は『冷酷非情な旦那様!?』第一巻をお手に取っていただき、ありがとうございました!

当初は軽い気持ちで始めた執筆活動。こちらの作品のweb連載を開始したのは、昨年の十二月のことでした。

世間では大変な状況が続く中、読んだ方にくすりと笑ってもらえるといいなと思い、とびきり明るい少女を主人公にしてみました。書いていてすごく楽しかったのを覚えています。

その頃にはまさか一年後、一冊の本として出版していただけるとは夢にも思っていませんでした。得《え》難《がた》い機会を与えてくださった出版社の皆様には、心より感謝申し上げます。

出版用語なんて全く知らない、右も左もわからない新人に、ひとつひとつ丁寧に教えてくださった担当編集様には本当にお世話になりました。ご迷惑もたくさんお掛けしたかと思いますが、初めての経験を現在進行形で楽しんでおります。

そして出版にあたって何より楽しみにしていたのがイラストです。自分の生み出したキャラクターに、絵を付けていただけるなんて……!

完成した表紙を見たときは、あまりの綺麗《きれい》さに息が止まりそうになりました。イラストになったミア達《たち》は皆生き生きとして可愛《かわい》らしく、頑張った甲斐《かい》があったなぁと感無量でした。

あいるむ先生、素晴らしいイラストをありがとうございました!

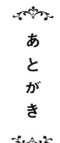

最後にこっそりと、私が小説を書くと知って応援してくれた家族や職場の皆さんにも感謝を。

（タイトルとペンネーム、頑として教えなくてごめんなさい！　ですが多分きっと、これからもヒミツにするでしょう……）

そして支えてくれた友人、折々励ましてくださった先輩作家の朱雀《すじゃく》 伸吾《しんご》先生。

最後までこの物語にお付き合いくださった読者の皆様。

この場を借りてお礼申し上げます。本当に本当にありがとうございました！

皆様と、また第二巻でお会いできますように。

和島　逆

OVERLAP NOVELS f

冷酷非情な旦那様!? ①

発行 2021年12月25日 初版第一刷発行

著者 和島 逆
イラスト あいるむ
発行者 永田勝治
発行所 株式会社オーバーラップ
〒141-0031 東京都品川区西五反田8-1-5
校正・DTP 株式会社鷗来堂
印刷・製本 大日本印刷株式会社

ISBN 978-4-8240-0068-2 C0093

【オーバーラップ カスタマーサポート】
電話 03-6219-0850
受付時間 10時~18時(土日祝日をのぞく)

作品のご感想、ファンレターをお待ちしています

あて先:〒141-0031 東京都品川区西五反田8-1-5 五反田光和ビル4階 オーバーラップ編集部
「和島 逆」先生係/「あいるむ」先生係

スマホ、PCからWEBアンケートにご協力ください

アンケートにご協力いただいた方には、下記スペシャルコンテンツをプレゼントします。
★本書イラストの「無料壁紙」 ★毎月10名様に抽選で「図書カード(1000円分)」

公式HPもしくは左記の二次元バーコードまたはURLよりアクセスしてください。
▶ **https://over-lap.co.jp/824000682**
※スマートフォンとPCからのアクセスにのみ対応しております。
※サイトへのアクセスや登録時に発生する通信費等はご負担ください。

オーバーラップノベルスf公式HP ▶ **https://over-lap.co.jp/lnv/**